# Pépins et sentiments

## Note de l'éditeur

Evidence Editions a été créée dans le but de rendre accessible la lecture pour tous, à tout âge et partout. Nous accordons une grande importance à ce que chacun puisse accéder à la littérature actuelle sans barrière de handicap. C'est pourquoi nos ouvrages sont disponibles en format papier, numérique, dyslexique, braille et audio.

Tout notre professionnalisme est mis en œuvre pour que votre lecture soit des plus confortables.

En tant que lecteur, vous découvrirez dans nos différentes collections de la littérature jeunesse, de la littérature générale, des témoignages, des livres historiques, des livres sur la santé et le bien-être, du policier, du thriller, de la littérature de l'imaginaire, de la romance sous toutes ses formes et de la littérature érotique.

Nous proposons également des ouvrages de la vie pratique tels que : agendas, cahiers de dédicaces, Bullet journal, DIY (Do It Yourself).

Pour prolonger le plaisir de votre lecture, dans notre boutique vous trouverez des goodies à collectionner ainsi que des boxes livresques disponibles toute l'année.

Ouvrir un livre Evidence, c'est aller à la rencontre d'émotions exceptionnelles.

**Valentine Bleuette**

# Pépins et sentiments

Couverture : **Chloé S.**

Publié dans la **Collection Aime**

EVIDENCE
—EDITIONS—

*Le coup de foudre ! Méfiance !*
*Cela signifie qu'il y a de l'orage dans l'air !*
Citation de Pierre Dac : *Bons baisers de partout*
(1965-1974)

# Chapitre 1

## *Clémentine*

Quoi de plus humiliant que de glisser sur une mandarine dans un hypermarché surpeuplé, quelques jours avant Noël ?

Je m'appelle Clémentine Ohayon, j'ai vingt-neuf ans. Bélier ascendant Poisson. Je mesure un mètre soixante-quinze, je suis dotée de cheveux crépus hérités d'une mère moitié réunionnaise et affligée de pieds en accord avec ma taille, un bon quarante et un (et demi, selon les chaussures… j'avoue).

Rétrospective de la scène :

Je m'engage dans l'allée des fruits, réfléchissant à ceux que je vais prendre pour le repas du vingt-cinq décembre, litchis et mandarines ?

Au passage, j'en profite pour mettre dans mon caddie un assortiment de noix et dattes enrobées de pâte d'amande, mini-bombes caloriques auxquelles je ne résiste pas.

Face aux rayonnages des agrumes, je tends le bras vers les sachets plastiques quand une bonne femme me percute de plein fouet sans même s'excuser.

Je vacille sous le choc et ma bottine UGG droite écrabouille la fameuse mandarine sournoisement tombée de son plateau.

Je dérape et exécute un semi-grand écart, digne héritier de mes cours de gym d'enfance, mais, par manque d'espace, l'acrobatie finit sur un cri et un crac.

Cri de douleur et de surprise de la victime (moi), et crac parce que ce jean, je le savais, vivait ses dernières heures au niveau de l'entrejambe.

Je reste quelques secondes figée dans cette posture grotesque, craignant que la rotule de mon genou arrière ne se soit brisée sous l'impact avec le sol carrelé. Furieuse, je foudroie du regard la malotrue qui ne s'est pas rendu compte qu'elle avait failli me tuer. Je retiens à grand-peine une injure puisée dans le répertoire de mon petit frère qui se la joue racaille de banlieue, même s'il habite dans un quartier huppé de Montpellier.

Je plaque mes paumes au sol afin d'entreprendre de me relever dignement, peinée de constater que personne ne se manifeste pour m'y aider. Où est passé le bel esprit de charité chrétienne, exacerbé en période des fêtes de fin d'année ? Oublié au profit des promos alimentaires ? Je pourrais avoir été éventrée à coups de bananes pas mûres, mes tripes pourraient se répandre entre le rayon des fruits et celui des légumes, je pense que ce serait pareil. Les gens m'ignorent, s'appliquent juste à me contourner parce que mon enveloppe corporelle étalée par terre les dérange dans leur fièvre acheteuse.

Une main se tend pourtant vers moi, dévoilant un poignet velu et des doigts bronzés. Je lève la tête et rencontre des yeux noirs avec de longs cils, presque ceux d'une fille, alors que la barbe naissante du même visage exprime sans le moindre doute un génome masculin.

— Ça va ? Rien de cassé ?

Voix virile. Spécimen mâle d'une trentaine d'années, à qui je trouve des airs à l'acteur Pio Marmaï, dans le genre décontracté aux boucles brunes indisciplinées. Pas mal, le type. Traduction : quel dommage d'offrir le spectacle aussi ridicule de ma mésaventure à un si beau garçon !

Je laisse mon sauveur saisir ma main aux ongles manucurés de la veille en rouge pétard et paillettes blanches, référence à la période festive, et tente de me relever sans trop peser sur son bras. Il paraît costaud sous sa veste en cuir, mais je ne suis pas un poids plume, au vu de ma taille. (IMC néanmoins correct.)

Bien que mes genoux aient peu apprécié la chute, je m'efforce de sourire largement, sachant qu'il n'y a rien à redire de ce côté-là, grâce aux bons soins de mon papa dentiste.

D'une traction solide, le gars achève de me redresser et je me retrouve presque plaquée contre son torse. Nous avons à peu près la même taille, lui devant me battre de cinq centimètres. Mon nez affûté note qu'il porte Eau d'Issey, un de mes parfums masculins préférés.

— Merci, monsieur.

Une annonce publicitaire au micro nous informe que le prix du foie gras mi-cuit est à moins vingt-cinq pour cent jusqu'à dix-neuf heures trente, qu'il faut profiter de l'aubaine.

— Avec plaisir, répond-il gentiment. J'ai cru que vous alliez être piétinée par la horde de consommateurs égoïstes.

Je ne suis donc pas la seule à avoir remarqué le manque de civilité des gens.

— J'ai glissé sur une mandarine pourrie, fais-je en m'agrippant toujours à sa main pour inspecter le dessous de ma botte.

Il esquisse une moue écœurée en découvrant la pâte grise et orange collée sous ma semelle.

— Vous seriez étonnée du nombre de personnes qui se fracturent une cheville en ayant ce genre d'accident dans les magasins, dit-il.

Son affirmation attise ma curiosité. Est-il agent d'assurances, pompier… fabricant de béquilles ?

Je récupère ma main que je passe dans mes cheveux détachés, espérant que ma toison imprévisible ne me fasse pas ressembler à une folle qui aurait mis les doigts dans une prise électrique.

— En tout cas, merci encore, minaudé-je en clignant des yeux.

— Pas de souci.

Il me dévisage avec attention, ce qui allume au creux de mon ventre une petite chaleur troublante.

Je sursaute quand le timbre d'une voix familière résonne à mon oreille.

— Pupuce… si on prévoyait des cuisses de grenouilles sautées à l'ail, en entrée ?

Je me tourne vers Cyril.

— Des cuisses de grenouilles ?

Je louche pour témoigner mon attrait quasi nul envers son idée. Rien qu'à l'idée de voir les gambettes chétives cuire dans la poêle, j'ai envie de vomir. Et puis, franchement, il sait que je déteste le surnom de « pupuce », loin de me correspondre.

Mon attention revient vers Superman des fruits et légumes. Une jeune femme toute menue arrive derrière lui et entoure sa taille en riant.

— Tu es là, loukoum ? Je t'avais perdu au rayon fromages.

Loukoum ? Je retiens mal un sourire moqueur.

« Pupuce » contre « loukoum » : un point partout.

Je détaille discrètement la Lilliputienne à la chevelure d'or parfaitement coiffée. Je cherche à lui dégotter un défaut, sans succès. Elle est aussi fine et mignonne que je suis grande et… typée. Ce qui est marrant d'ailleurs, car Cyril, de son côté, est blond et râblé alors que mon inconnu est brun et mince.

Nouveau spot publicitaire : cette fois, il s'agit de se précipiter au rayon frais pour profiter de l'achat de deux ramequins de tarama pour le prix d'un.

Cyril me tire par le bras.

— Bon, on se magne ? Il est où, le caddie ?

Je soupire et me laisse tracter, non sans ébaucher un geste amical vers mon sauveteur que sa chérie tient toujours par la taille.

— Joyeuses fêtes !

Il hoche la tête.

— À vous aussi… attention aux mandarines agressives !

— Je vais ouvrir l'œil !

Nous échangeons un dernier sourire et la foule nous entraîne, nous éloigne l'un de l'autre, sans que nous puissions lutter.

Retour à la vraie vie.

Cyril est mon fiancé. Nous sommes ensemble depuis un an.

Nous faisons les courses en prévision du repas de Noël qui aura lieu chez moi, dans cinq jours. Je reçois nos deux familles, mais c'est lui qui cuisinera (je ne suis pas très douée dans ce domaine).

# Chapitre 2

## *Clémentine*

Le lendemain, je me gare sur le parking du centre commercial en écoutant d'une oreille distraite les discussions de Clovis et ses deux copines, Madeleine et Carine. Ces trois-là se connaissent depuis la maternelle. Comme ils sont pourris gâtés, ils préfèrent que ce soit moi qui les amène en voiture à Odysseum, immense complexe marchand situé au sud de la ville, plutôt qu'être forcés d'attendre le tramway dans le froid.

— Je veux un jean, un sac Eastpak et un nouveau piercing en or pour mon nombril, énonce Carine.

— Moi, je dois mater les PC, déclare Clovis. Le mien rame trop pour *Fortnite*, papa m'a dit de choisir celui qui me va, il reviendra le chercher demain.

Je croise le regard de Madeleine. Elle est amie avec les deux autres, mais la pauvre a perdu son père de maladie l'année dernière et le train de vie de la famille est moins aisé qu'avant.

— Moi, je vais juste repérer un peu les fringues, j'attendrai les soldes pour acheter, dit-elle sagement.

Clovis lui entoure les épaules et pose un bisou sonore sur sa joue.

— Oh, z'y va... Si tu veux un truc, je te l'offre, cousine !!! C'est Noël !

Je lève les yeux au ciel devant cette façon débile de s'exprimer. J'aime beaucoup mon frère, mais il m'exaspère, surtout depuis qu'il a ce duvet sur la lèvre supérieure et des boutons répugnants sur le front, qu'il s'obstine à triturer dès qu'un miroir traverse sa route.

— Bon, les enfants, je fais quelques courses de mon côté et on se retrouve dans une heure et demie devant la patinoire, par exemple ? On ira manger une crêpe.

— Oh, yes... et si on allait glisser un peu ? s'enthousiasme Clovis.

Je réfléchis, grandement tentée par la proposition. Évoluer sur la glace m'apporte une impression de légèreté que je n'ai pas quand je trimballe ma haute carcasse sur la terre ferme.

— Si tu avais eu l'idée avant, j'aurais pris mes patins, fais-je d'un ton de regret.

— On s'en fout, z'y va… frangine ! Allez, un peu de sport te fera perdre du cul.

Je lui envoie un coup de poing dans le ventre tandis que les deux copines se marrent. Sympas, les filles !

— Juste une heure, implore Clovis. Allez, sois pas lourde !

Je lève les yeux au ciel.

— OK. Alors, on se donne rendez-vous à seize heures devant la voiture pour poser les sacs et on ira patiner un moment.

Satisfaction bruyante du trio.

On se sépare et je sors la liste de mes achats de Noël, qui me paraît longue comme un bras.

Deux heures plus tard, je m'adonne au plaisir de la glissade, même s'il y a vraiment trop de monde sur la glace et que la qualité du revêtement laisse à désirer. Les patins de location me font mal aux pieds et, en plus, cela me répugne de songer au nombre de panards puants qui ont fréquenté ces espaces clos propices au développement de multiples bactéries et champignons vénéneux. Je m'efforce toutefois de mettre de côté ces idées négatives. Comme a dit mon frère, cela me fait le plus grand bien de pratiquer une activité sportive, mon dernier jogging remontant à un bon mois (trimestre, en fait).

Je râle quand une bande de jeunes passe devant moi en me frôlant, manquant de me déstabiliser. La patinoire est divisée en deux parties, l'une classique et l'autre plus moderne, avec musique forte et lumières clignotantes et tamisées. Ce côté boîte de nuit excite les adolescents, ils en profitent pour chahuter et font des concours de vitesse sur les pistes peu larges, ce qui est assez dangereux.

Je soupire. Ce repas de Noël avec les parents de Cyril et les miens ne m'emballe pas vraiment. Je n'apprécie guère sa mère, une intendante de collège coincée et snob qui ne parle que d'elle et de ses dernières lectures intellectuelles. Son père, ça peut aller. Il est à la retraite, mais gère la location de ses nombreux appartements. C'est un fondu de golf, autant que papa. Aimant aussi fréquenter les greens de temps à autre, je trouve dans leurs conversations de quoi passer le temps, même si je finis par étouffer des bâillements d'ennui.

Cyril, de son côté, s'entend très bien avec ma mère. Cette dernière tient un magasin de lingerie fine au centre-ville et Cyril est chirurgien-dentiste, comme mon père, mais ce qui le rapproche de maman est leur passion commune pour la cuisine.

En résumé, nos repas ensemble servent à discuter parcours de golf, descriptions détaillées de pars et de bogeys, et permettent l'énumération de petits plats mijotés à coups de secrets culinaires partagés sous cape, l'éclate totale.

Je m'amuse à effectuer une pirouette pas trop ratée dans un coin praticable de la patinoire classique, où la musique est plus discrète et l'éclairage normal. De loin, je repère Clovis et ses copines qui se tiennent par la taille et avancent de concert. Je trouve qu'ils ressemblent à des pingouins sur la banquise bravant le froid, image qui me fait pouffer.

J'avoue que j'apprécie cette escapade et l'insouciance qu'apportent les vacances. Début janvier, il faudra se remettre au travail. Je suis institutrice en cours préparatoire et j'adore mon métier. Mes parents auraient aimé que je devienne professeure d'université ou, mieux, avocate, mais la faculté de droit m'a vite rebutée et j'ai bifurqué vers le concours de l'École Normale en quatrième année. Depuis cinq ans, je me régale à enseigner aux petits bouts les rudiments du français et des maths. Après avoir exercé à Lunel pendant trois ans dans une zone classée difficile, j'ai réussi à obtenir un poste à Montpellier, dans un quartier dit à population mixte, ce qui me convient tout à fait. Je loge dans un T3 qui appartient à mes parents, au sud de Montpellier. Je n'ai donc pas de loyer à payer et peux profiter de mon salaire pour mes besoins quotidiens et pour mettre de côté. Je suis fan de voyages et les nombreuses vacances scolaires dont je bénéficie me permettent de m'adonner à cette passion de la découverte. En avril, Cyril et moi devons d'ailleurs aller visiter Prague.

Les haut-parleurs émettent la musique de *Titanic*, ce qui me chavire le cœur et me rend euphorique. Je me lance dans une figure compliquée qui aurait la prétention de ressembler à un Cygnus skate élaboré, tout en chantant à tue-tête : « *Near, far, wherever you are... I believe that the heart does go on...* »

Patatras... Une fusée sortie de nulle part me percute, me fait vaciller et tanguer sur ma jambe porteuse, l'autre étant levée à la perpendiculaire. Je vois la bordure de la patinoire se rapprocher dangereusement de mes yeux, que je ferme un instant. Grossière erreur.

Je rebondis contre la barrière comme une balle, effectuant sans grâce une dernière figure non académique. Dans ma chaussure droite, quelque chose se déchire. Je glapis de douleur en même temps que M$^{me}$ Dion pousse son « *... and I know that my heart will go on...* » bouleversant.

Je bats des bras pour lutter contre la force d'attraction terrestre, sans succès. Vaincue, je tombe, le cul sur la glace.

Je reste un instant sonnée par la violence du choc. Je songe ensuite que je cumule deux chutes en deux jours. Malchance ou maladresse ?

Clovis et ses amies viennent à ma rescousse. Ils freinent devant moi d'un même ensemble, les lames de leurs patins gratifiant mes joues de multiples paillettes glacées.

— Tu t'es plantée comme une merde ? demande mon frangin sans cœur en rigolant.

— Arrête, fait Madeleine. Tu ne vois pas qu'elle a mal ?

— Aide-moi à me relever, Dugland, dis-je à Clovis, qui obéit aussitôt en notant mon ton excédé.

Une fois debout, je constate qu'il s'est vraiment passé un truc pas catholique au niveau de ma cheville. Impossible de me tenir en appui dessus, malgré le carcan solide des lacets qui gaine ma jambe jusqu'à mi-mollet.

— Oh, misère, je crois que je ne vais pas pouvoir conduire !

Clovis grimace.

— Tu délires ou quoi ? Comment on va rentrer, alors ?

Je l'incendie du regard.

— Appelle papa, il ne bosse pas cet après-midi.

Mon adorable frère soupire.

— Putain, tu fais chier, Clém…

Malgré ma souffrance, j'envoie une bourrade revancharde sur l'épaule de l'égoïste adolescent (pléonasme ?).

— Face de rat, elle est de qui, l'idée débile d'aller patiner aujourd'hui ? Il y a trop de monde ici, c'est impraticable.

Madeleine et Carine m'aident à regagner la sortie. Nous rendons les chaussures et récupérons nos effets dans les casiers, tandis que Clovis appelle papa Ohayon à la rescousse.

Mon pied droit a doublé de volume, ce qui m'empêche de lacer ma basket Adidas. Super fin de journée. En plus de ça, je suis loin d'avoir fini mes achats de Noël. J'ai trop traîné dans les magasins bondés sans faire preuve d'efficacité. Je vais devoir revenir.

Nous attendons papa sur le parking. Un vent glacial s'est levé et vient fouetter mon jean mouillé au niveau des fesses, ce qui est inconfortable et rend ma souffrance encore plus pénible à supporter. Clovis et ses copines pianotent sur leurs portables sans plus se soucier de moi. Je regrette d'avoir arrêté de fumer trois mois plus tôt, une bonne petite clope aurait aidé mes nerfs à se détendre.

Je me réfugie dans ma voiture et consulte les réseaux sociaux sur mon iPhone après avoir avalé sans eau un Doliprane trouvé au fond de mon sac.

Mon père arrive au bout de vingt minutes. Il tâte ma cheville et secoue la tête avec pessimisme.

— Direction l'hôpital, ma chérie. Je crains que tu n'aies une fracture.

Son assurance m'énerve. Il est dentiste, pas orthopédiste.

— Mais non, c'est rien, fais-je en essayant d'avoir l'air brave. Je n'ai pas si mal que ça.

Clovis intervient.

— On rentre comment, nous ? J'ai pas envie de me taper l'hosto, moi.

Mon père considère son fils avec un mélange de désespoir et de bienveillance. À mon avis, parvenir à concilier ces deux sentiments dans une même expression tient de l'aveuglement de la paternité auquel se greffe forcément une certaine résignation.

— Rentrez en tramway, cela ne va pas vous tuer que je sache.

Carine bat des mains.

— Chouette, je ne le prends pas souvent, moi.

Clovis obtempère, non sans avoir délesté son géniteur de vingt euros, vu que lui et les filles vont devoir payer les billets. « Allô, quoi… tu connais le prix d'un ticket ou pas ? »

— Et ma voiture ? maugréé-je.

Papa m'aide à clopiner jusqu'à son Audi Q7.

— Je viendrai la chercher avec Cyril demain midi.

Après avoir été le remplaçant attitré de mon père pendant trois ans, Cyril va s'associer avec lui en début d'année. Spécialisé dans les implants, marché lucratif en pleine expansion, il avait besoin d'un local et d'un collègue déjà installé pour attirer une clientèle rapidement. L'étage au-dessus du cabinet est en travaux en ce moment et deviendra une salle de chirurgie dentaire.

Cyril est le fils que papa aurait aimé avoir, loin de l'adolescent boutonneux nommé Clovis passionné de mangas et de jeux numériques, s'évanouissant à la vue de la moindre goutte de sang.

Je lui demande de récupérer mes achats dans mon coffre et nous partons en direction de Lapeyronie, le CHU (centre hospitalier universitaire) de la ville. Mon père appelle un copain qui travaille là-bas, ce qui devrait nous assurer un temps d'attente réduit par rapport au commun des mortels. Ô qu'il est doux de bénéficier des avantages de la confrérie médicale !

Nous sommes aimablement accueillis au service de radiologie et une manipulatrice vient me chercher. Elle m'installe sous le tube à rayons

X afin de prendre différents clichés de ma cheville d'éléphant.

J'essaie de lire sur le visage de la technicienne un signe encourageant tandis qu'elle fixe son écran avec gravité.

— Alors ?

Elle fronce le nez.

— Le docteur va vous voir, mais je crois qu'il y a un petit quelque chose…

Je déglutis péniblement, espérant que la fille n'a pas les yeux en face des trous.

— Genre… un mois de plâtre ?

Elle sourit avec gentillesse.

— Juste une attelle, peut-être ?

Elle m'aide à descendre de la table et je m'appuie sur son épaule pour rejoindre mon père en salle d'attente. Il discute avec le docteur Reichman, son ami radiologue que j'ai déjà eu l'occasion de croiser chez nous. Le toubib m'embrasse en laissant ses mains glisser le long de ma taille, ce qui me hérisse. Je n'ai jamais apprécié ce type à la trogne vicelarde, bien que marié à une femme super gentille.

— Ma chérie, tu as une petite fracture de la malléole externe, te voilà bonne pour un plâtre, dit-il d'une voix guillerette, comme si on était là pour se marrer.

Mon visage doit traduire mon désespoir, car il tapote ma joue avec un paternalisme que dément son regard lubrique sur ma poitrine.

— Rien de dramatique, mais tu vas quand même aller prendre un avis spécialisé en ortho, pendant que je discute avec ton père. Un brancardier va venir te chercher.

Honteuse de jouer le rôle d'une impotente, je me retrouve assise sur un fauteuil roulant. Un sympathique Maghrébin me pousse dans les couloirs en chantonnant.

— Accident de ski ? me demande-t-il.

Je soupire.

— Chute à la patinoire.

Il rigole, ce qui me déplaît. Je me doute qu'il côtoie des malades toute la journée, mais, quand même, comment peut-on en arriver à s'amuser du malheur des gens ?

Nous entrons dans un box. Le brancardier m'aide à monter sur un lit d'examen où je dois attendre l'orthopédiste. Je m'appuie contre le dossier relevé, les bras croisés et la mine plus sombre que la couleur de ma peau.

Je lève la tête quand la porte s'ouvre. Un homme en blouse blanche s'approche de moi. Ses yeux noirs sont bordés de cils plutôt longs, ses cheveux sont en bataille et ses joues mal rasées.

Superman des fruits et légumes… que fais-tu là ?

# Chapitre 3

## *Clémentine*

Nous nous dévisageons avec le même ahurissement. Dans une ville de deux cent quatre-vingt mille habitants, quelle est la probabilité pour deux inconnus de se croiser deux jours de suite ?

Sans rien dire, l'arrivant s'assied familièrement sur le bout de mon lit et pianote un moment sur le clavier de l'ordinateur qui affiche les clichés de ma cheville.

Il sourit et parle enfin.

— Clémentine Ohayon, née le treize janvier mille neuf cent quatre-vingt-dix...

Encore abasourdie par cette apparition imprévue, je ne réagis pas.

— Il semblerait que Clémentine ait eu un nouveau pépin, continue l'effronté.

La colère monte en moi comme la lave dans le tunnel d'un volcan. Je déteste me trouver dans cet hôpital, à la merci de tous ces gens qui osent se divertir de mon malheur.

— Vous êtes qui… l'employé de ménage ? fais-je avec agressivité. Vous avez le droit d'entrer ici comme dans un moulin, sans frapper ni vous présenter ?

L'homme éclate de rire. Il se relève et esquisse une courbette.

— Axel Teissier, interne en orthopédie. Pour vous servir, chère Clémentine… qui aime la couleur orange, dirait-on.

Décidément, mon prénom semble le ravir. Je lève les yeux au ciel.

— OK. On s'est rencontrés à cause d'une mandarine et je m'appelle Clémentine… et, oui, je suis ici suite à un pépin stupide. On continue sur les jeux de mots idiots ou on parle de ma fracture, docteur ?

J'ignore pourquoi je suis si désagréable. Peut-être parce que cet Axel est encore plus charmant dans sa blouse de médecin qu'il ne l'était au supermarché avec sa veste en cuir. Peut-être aussi parce que ma tenue décontractée n'est pas celle que je souhaiterais avoir en cet instant : jean mouillé sur le derrière et sweat à capuche (en effet orange), il y a plus glamour.

— Clémentine, tu ne manques pas d'acidité.

Il m'envoie un clin d'œil, puis secoue la tête.

— Désolé, j'arrête. Pour ma défense, c'est la fin de la journée et tu es le visage le plus réjouissant que j'ai pu voir durant les douze dernières heures.

Le fait qu'il me tutoie me perturbe. En même temps, il doit avoir à peu près mon âge et je dois admettre que le hasard qui nous réunit ici est propice à rompre la glace. Je cherche ce que je pourrais lui rétorquer, une répartie qui me rendrait enfin sympathique, mais ma jambe me fait un mal de chien.

— Je ne vais pas être opérée ? interrogé-je d'un ton inquiet.

Axel me détaille avec une gravité démentie par l'éclat pétillant de ses iris noirs.

— J'adorerais te voir dormir sous mes doigts agiles… mais non.

Je rougis comme une pivoine. Il me drague ou quoi ? Je croise les bras sur ma poitrine. Il veut jouer ? Jouons.

— Sinon, comment va ta chérie, loukoum ? Avez-vous finalisé le repas de Noël ? Pour vous, ce sera raclette ou fondue savoyarde, j'imagine ? Vous aimez le fromage, je crois ?

Axel inscrit quelques mots sur une feuille et ferme mon dossier sur l'écran. Déjà terminé, l'examen ?

— As-tu des antécédents de phlébite, est-ce que tu prends une pilule contraceptive ?

Je pousse une exclamation outrée.

— Jamais de phlébite et, oui, je prends la pilule. Tu ne veux pas savoir si j'ai de l'herpès vaginal, aussi ?

Axel esquisse un sourire hilare.

— Dans un autre contexte, c'est certain que je préférerais être au courant.

Je m'efforce de garder mon sérieux, chatouillée par l'envie de rire.

— Et de ton côté, pupuce, les cuisses de grenouille ont-elles remporté les suffrages ?

Je glousse.

— Si je te dis huîtres gratinées au champagne ? Cyril est un fin cuisinier.

Axel hoche la tête.

— Huîtres crues pour nous. Lisa est d'origine bretonne, on ne déroge pas aux traditions.

L'image de la jolie petite blonde bien coiffée me revient en mémoire et, soudain, mon envie de badiner s'émousse.

— Si nous parlions de ma cheville, docteur Teissier. Qu'a-t-elle exactement ?

Le médecin se gratte les cheveux, les ébouriffant sur le haut du crâne, et il étouffe un bâillement. Ses traits sont tirés, ses yeux cernés et ses joues mal rasées, mais ces signes de fatigue ne le rendent pas moins séduisant.

— Une fissure de la malléole externe non déplacée, rien de bien grave.

Il soulève un peu le bas de mon jean et pose ses doigts sur ma peau pour doucement manipuler mon articulation. Bêtement, j'espère qu'il remarque plus mes orteils parfaitement manucurés en rouge carmin que la taille de mes (trop grands) pieds.

— Aïe !

— Pardon. Je propose une botte à scratchs, ce qui te permettra de l'enlever pour te doucher, mais également de marcher un peu. Tu bosses dans quel secteur ?

— Je suis institutrice en cours préparatoire. Ne me dis pas que je vais devoir poser un arrêt de travail ?

— Tu as quinze jours pour te reposer. À la rentrée, tu pourras reprendre le boulot si tu y tiens absolument, mais tu ne devras pas conduire et tu essaieras de rester assise le plus possible dans ta classe. Sinon, je peux effectivement te prescrire un arrêt de travail d'au moins un mois, ce qui serait plus sage.

Je couine de réprobation.

— Tu es fou ? Jamais de la vie ! Si j'ai une botte orthopédique faite pour marcher, je pourrai aller à mon école en tramway.

Je lui adresse un regard méfiant.

— Tu imagines que je suis feignante parce que je suis fonctionnaire ?

Le médecin s'esclaffe.

— Ai-je sous-entendu ce genre de chose ?

Je soupire.

— Je vais devoir la garder longtemps, cette attelle ?

— Au moins deux mois, si tu veux éviter les séquelles.

Mon expression désespérée ne paraît pas l'émouvoir.

— De toute façon, tu reviens faire une radio de contrôle dans une semaine pour vérifier que rien n'a bougé.

Il sourit, à nouveau moqueur.

— C'est mort pour les danses endiablées du trente et un décembre. Tu avais prévu un truc particulier ?

J'envisage de répliquer qu'il n'a pas besoin de connaître mon emploi du temps, mais c'est sans compter sur ma propre curiosité.

— Soirée déguisée. Vu que je ne pourrai pas danser, je vais peut-être me grimer en abat-jour.

On me posera dans un coin de la pièce et je boirai jusqu'à être allumée… Ah, ah, ah ! Et toi ?

Je n'attends pas sa réponse et lève l'index vers le plafond d'un air inspiré.

— Je sais ! Avec ta chérie, cela sera réveillon en amoureux dans une station de ski à la mode, avec balade en traîneau suivie de bols de vin chaud à la cannelle devant la cheminée…

Axel grimace, amusé.

— J'aimerais bien, mais Lisa déteste la neige et je n'ai pas les moyens de me payer ce genre d'escapade. En plus, je serai de garde cette nuit-là. Cruel destin des internes…

J'ignore pourquoi, mais la nouvelle de sa consignation à l'hôpital me réjouit, à croire que la douleur me rend méchante.

Axel consulte sa montre.

— Clémentine, heureux de t'avoir rencontrée à nouveau, et surtout de connaître maintenant ton prénom… savoureux. Je te prescris des antalgiques et, si tu as le moindre souci, tu appelles au numéro noté sur l'ordonnance que je vais laisser pour toi à l'accueil.

Il me tend la main, je lui abandonne la mienne. Nos paumes se touchent et je plonge mes yeux dans les siens. Ma bouche s'assèche et mon cœur cogne au niveau de ma gorge, ce qui est médicalement anormal. Ce type est trop craquant. Attention, Clémentine, la souffrance t'égare !

J'opte pour l'humour, afin de repousser mes divagations émotionnelles.

— Merci, Axel. Tu es vraiment sur tous les fronts quand il s'agit de sauver une femme en détresse.

Il se penche vers moi, je gobe un effluve d'Eau d'Issey.

— C'est un plaisir. Malgré tout, je ne vais pas te souhaiter une troisième chute pour te croiser encore, car ce serait faire offense au serment d'Hippocrate. Nous nous verrons peut-être lors de ta visite de contrôle.

Au lieu de répondre, je fixe sa bouche. Pardon à tous les saints (surtout nitouche), mais je me surprends à me demander quel goût peuvent avoir ses lèvres pleines.

On frappe à la porte.

— Docteur, vous êtes attendu en médecine interne. Une patiente est tombée de son lit.

Axel étouffe un juron et lâche ma main.

— À bientôt, mademoiselle Ohayon. Et… joyeux Noël !

Il tourne les talons et disparaît sans me laisser le temps de le remercier.

# Chapitre 4

## *Clémentine*

Solène s'active autour de moi comme une abeille. Elle nous prépare un assortiment de tapas, va et vient de la cuisine au salon tout en me narrant sa dernière rencontre Meetic. L'élu, soi-disant avocat, s'est révélé être un agent de service d'entretien du tribunal, en quête d'un coup de quéquette facile. Solène la crédule est passée à la casserole avant que le bougre ne confesse son vrai métier, et également le fait – un détail – qu'il était toujours marié, même s'il comptait divorcer prochainement, etc.

J'attrape le verre de gewurztraminer que me tend mon amie et lève le bras à son adresse pour trinquer.

— C'était un bon plan, au moins ?

Solène grimace.

— Moyen. Un peu gras du bide et éjaculateur précoce… Mais comme j'étais en forme, j'ai pu avoir ma part de plaisir in extremis !

Elle contemple avec envie mon salon décoré avec raffinement grâce à l'aide de Sonya, ma maman.

— J'aimerais tellement être à ta place. Un futur mari dentiste charmant, un boulot qui te passionne… En plus, tu es trop jolie.

Je détaille le visage rond de ma copine. Elle ne remportera certainement jamais le premier prix de beauté du Languedoc-Roussillon, mais je la trouve très mignonne avec ses bouclettes rousses et ses grains de son qui parsèment ses joues, lui donnant un air malicieux.

— Comme si, toi, tu ne l'aimais pas, ton boulot.

Elle est institutrice comme moi. C'est au cours de nos études que nous nous sommes rencontrées. À l'époque, elle s'apprêtait à épouser un professeur d'histoire et ne tarissait pas d'éloges à son sujet. Quelques jours avant l'obtention de notre diplôme, le type l'avait larguée sans explication valable. La pauvre ne parvient pas à se remettre de cet amour perdu dans lequel elle avait misé les quarante années suivantes de sa vie. Depuis, elle se jette à corps perdu dans les aventures sans lendemain.

Elle avale son verre de blanc d'un trait et soupire. Je cherche ce que je pourrais dire pour lui remonter le moral. Faute de mieux, je désigne ma jambe droite et le monstrueux système de contention qui l'enserre.

— Je n'ai pas toujours de la chance. Vise cette horreur que je vais porter pendant deux mois ! Comment je vais faire pour achever d'acheter mes cadeaux de Noël ? Je reçois mes invités dans deux jours et je n'ai rien à offrir à certains !

Le regard de Solène s'égaie.

— File-moi ta liste et ta carte bleue. Je m'acquitte de ces obligations à ta place demain, tu sais que j'adore le shopping !

Je cogite. En sus de mes propres achats, il était aussi prévu que j'aille au centre-ville avec Cyril pour l'aider à trouver des présents destinés à ses parents ainsi qu'à sa sœur, une étudiante prétentieuse de vingt-cinq ans qui a eu la mauvaise idée de revenir de son séjour linguistique en Australie pour les fêtes. Sans moi, le pauvre va galérer à mort. Il déteste déambuler dans les magasins et manque d'inventivité et de patience quand il s'agit de gâter ses proches.

J'expose mon problème à Solène. Elle réfléchit tout en remplissant nos verres vides.

— Je peux faire tes emplettes et accompagner ton mec pour qu'il fasse les siennes.

Je fronce les sourcils. Imaginer mon fiancé flanqué d'une Solène exaltée par l'euphorie de la dépense me semble aussi peu jouable qu'essayer de croiser une chamelle avec un ours polaire. En même temps, je ne peux pas arpenter les rues avec ma patte folle, ce serait imprudent. Avec ma guigne actuelle, je serais capable de glisser sur un papier gras et me casser le nez sur une étagère des Galeries Lafayette.

Comme s'il percevait qu'on parlait de lui, Cyril téléphone à cet instant-là.

— Alors, comment va ta cheville ?

Il fait le gentil, mais, lorsque je lui ai annoncé la nouvelle de mon accident la veille, il n'a pas caché sa contrariété. Le vingt-six décembre, nous devions aller trois jours à Courchevel avec ses parents qui possèdent un chalet dans la station. J'ai réussi à le convaincre sans trop de mal de s'y rendre sans moi. Dans mon état, je ne tiens guère à passer mon temps à converser avec madame l'intendante. Elle ne skie pas, mais apprécie les chocolats chauds en terrasse et les massages suivis de saunas, au centre de spa huppé qui jouxte leur résidence. Pas question de jouer la dame de compagnie avec la copine des messieurs Proust, Hugo et Balzac (qui ne sont pas mes auteurs préférés).

— Ma cheville va bien, merci. Tu as réfléchi aux cadeaux pour tes parents et ta frangine ?

Soupir de détresse respiratoire avancée à mon oreille.

— Écoute, je suis avec Solène, qui se propose d'aller faire les courses avec toi demain, à ma place. Elle sera mes yeux, mes jambes et mon bon goût.

Cyril émet un rire gras.

— Solène… c'est la petite rouquine aux gros seins ?

Je grimace. Bienvenue chez les poètes.

— Oui, comme tu dis, mon amie que tu trouves sympa.

Solène rosit de plaisir. Je travestis la réponse de mon fiancé pour ne pas la peiner, mais je ne mens pas vraiment. Cyril et elle ne se sont pas vus très souvent, mais, à chacune de leur rencontre, j'ai remarqué qu'ils s'entendaient à merveille. Il faut avouer que Cyril adore être écouté avec attention et mon amie possède une oreille bienveillante. Je demeure toutefois hésitante sur l'efficacité de leur tandem éventuel du lendemain. L'une est acheteuse compulsive, l'autre un tantinet radin.

— D'accord, lance alors Cyril. Dis à la miss de me rejoindre devant le Polygone à dix heures.

— Je lui demande si l'horaire lui convient, fais-je d'un ton acide. Elle n'est pas à ta disposition, quand même !

Pour la forme, je couvre le téléphone de la main.

— Dix heures demain, devant le Polygone, c'est bon pour toi ?

— Pas de souci, j'y serai ! s'exclame-t-elle gaiement. C'est cool !

Cette fille ne doit pas être tout à fait normale. Comment la perspective d'affronter la foule dans des commerces surchauffés peut-elle lui paraître si attrayante ?

— Solène est OK, dis-je à Cyril.

— Super. Je l'inviterai au restau le midi pour la remercier.

Je tique un peu. Certes, le destin m'enlève une épine du pied, mais il ne faudrait pas non plus que l'affaire dérape. Je ne voudrais pas que Solène se fabrique des fantasmes au sujet de mon dentiste qu'elle trouve si charmant.

— Extra, je lui annonce la bonne nouvelle, maugréé-je.

Cyril discerne ma réticente.

— Ne sois pas jalouse, pupuce. Tu sais bien que c'est toi que j'aime.

Je devrais répliquer quelque chose de gentil, mais des démangeaisons naissent sous ma botte de handicapée, induisant aussitôt une vague de mauvaise humeur dans mes connexions neuronales. De ce fait, aucun mot tendre ne s'extrait de mes synapses.

— Bonne nuit, Cyril. À demain.

Je raccroche et laisse Solène remplir à nouveau nos verres. Avec cette maudite fracture qui m'immobilise, mes vacances de Noël sont fichues. Autant m'enivrer pour que la vie m'apparaisse plus rose.

# Chapitre 5

## *Clémentine*

Cyril et Solène sonnent chez moi le lendemain, à dix-sept heures. Ils arborent une mine aussi guillerette que la mienne est morose. Je ne sais pas ce qui se passe dans ma botte de contention, mais j'ai l'impression d'avoir du poil à gratter à l'intérieur. Quand j'ai ôté l'appareillage orthopédique pour me doucher, la couleur de ma cheville oscillait entre lie de vin et framboise écrasée, sans compter le gonflement spectaculaire de mon pied, un vrai régal visuel digne de figurer dans un musée de médecine, au rayon maladie dermatologique du Moyen-Âge.

Solène me montre un à un tous les cadeaux que je lui avais commandés. Pour Clovis, un casque de gamer et un tapis de souris (également pour joueur dégénéré) et un sweat Ellesse. Maman aura un bracelet Swarovski, marque qu'elle adore et, pour papa, ce sera un pull en cachemire et des chaussettes, présents récurrents qui lui font toujours plaisir, année après année. Pour Irène, la mère de Cyril, ils ont choisi le dernier prix Goncourt et une écharpe de soie Dior. Yvon, le père, se verra offrir une bouteille de bourbon Evan William et une compilation des meilleurs titres de Johnny Hallyday, son idole de jeunesse dont il regrettera la mort jusqu'à ce que la sienne l'emporte.

Je félicite Solène, qui s'est super bien débrouillée. De son côté, la mine satisfaite de Cyril indique qu'il a plutôt apprécié la journée en compagnie de ma suppléante.

— Tu n'as pas l'air contente, pupuce. Ça ne va pas ? s'inquiète-t-il enfin.

Je secoue la tête en retenant mon envie de pleurer.

— Je crois que je fais une allergie à ma botte. Ma cheville me démange à hurler.

J'enlève l'objet de mon supplice afin de lui montrer l'état de mon épiderme. Mon homme grimace tandis que Solène pousse un cri d'effroi qui n'a rien de rassurant.

— Ah ouais... quand même ! siffle mon bon dentiste.

Je le foudroie du regard.

— C'est tout ce que cela t'inspire ?

Il hausse les épaules et envoie un clin d'œil à Solène.

— Je crains que cela ne finisse en amputation.

Solène hennit de rire, ce qui me déplaît. Je n'aime pas non plus le pull en V rose bonbon qu'elle a choisi de porter aujourd'hui. Il la moule comme un collant, dévoilant plus qu'il ne recouvre son opulente poitrine.

— Ravie de voir que mes problèmes vous amusent autant, grincé-je avec mauvaise humeur.

Cyril capte mon énervement et affiche une expression compassée, même si un sourire plane encore sur ses lèvres. Est-ce l'esprit de Noël qui l'habite et le rend si allègre ?

— Tu dois faire une réaction à quelque chose, ma chérie, dit-il. Prends un antihistaminique, d'accord ? Tu dois avoir ça dans ta pharmacie ?

Je secoue la tête.

— Non, je n'ai pas ça. Je n'ai jamais été allergique à quoi que ce soit.

Solène va fouiller dans son sac et en extirpe une plaquette d'Aerius.

— Tiens, j'en ai en stock au cas où, car je suis toujours prête, comme les scouts !

Cyril rigole à ses mots et les voilà repartis à échanger une œillade appuyée. C'est moi qui l'imagine ou ces deux-là sont devenus les meilleurs amis du monde le temps d'une journée ?

Solène me donne un minuscule cachet bleu. Je le gobe sans eau, puis esquisse un bâillement digne d'une marmotte qui s'apprête à entrer en hibernation.

— Bon, je crois que je vais me caler au fond de mon lit et dormir jusqu'à demain, annoncé-je. Je suis vannée.

— Tu n'as pourtant pas fait grand-chose aujourd'hui, comparé à nous, remarque Cyril.

Il indique les achats étalés sur la table à manger.

— Tu mettras les noms et emballeras les cadeaux qui ne le sont pas ? Même avec une seule jambe valide, cela devrait être à ta portée ?

Je m'apprête à lui envoyer une insulte puisée dans le répertoire de mon frère, quand Solène semble enfin se rappeler qu'elle est mon amie avant d'être l'assistante commerciale de mon homme.

— Je vais t'aider, ne t'en fais pas. J'ai acheté du beau papier cadeau, en un rien de temps, je vais te faire des emballages du tonnerre !

Je secoue la tête.

— Non, merci, j'adore faire ce genre de choses, tu le sais bien. Je ne suis pas instit chez les petits pour rien.

Soudain, j'ai la nostalgie de mes élèves et me surprends à espérer que ces vacances s'écoulent au plus vite. Je ne me reconnais pas. D'habitude, en période de Noël, je suis joyeuse et pleine d'entrain, le contraire de cette fille rasoir qui râle et désire seulement se retrouver au fond de ses draps pour comater.

Cyril consulte sa montre.

— Je dois y aller, j'ai de l'administratif à boucler pour le futur cabinet. Demain soir, je viens réveillonner chez toi, ma pupuce, et on commencera à préparer le repas du lendemain !

Il dépose un baiser sur ma chevelure et va embrasser la joue de Solène qui s'empourpre un peu, à moins que ce ne soit l'éclairage de mon halogène qui lui donne cet air de bonne santé.

— Passe un joyeux Noël, lui souhaite-t-il.

Elle hausse les épaules.

— Je te l'ai dit, ce sera cinéma et restau avec ma mère, rien de très exaltant.

— Mais tu seras des nôtres pour le réveillon du jour de l'an, hein ? continue Cyril.

Solène cherche à croiser mon regard, mais je suis en train de gratter ma cheville avec mes ongles, par-dessus ma chaussette. Si l'Aerius ne calme pas mes démangeaisons, je vais péter une durite.

— Si Clém est d'accord, je viendrai avec joie, répond mon amie.

Pour moi qui adore danser, la soirée du trente et un prévue chez Cyril, en compagnie d'une vingtaine de convives, risque d'être d'un ennui mortel. Je m'imagine consignée sur le canapé, vêtue du costume de Cléopâtre que j'avais acheté pour l'occasion, affublée de mon affreuse botte de contention. L'anachronisme m'apparaît impardonnable, je vais être forcée de trouver un autre déguisement.

— Solène réveillonnera avec nous, n'est-ce pas ? m'interroge Cyril.

Je grommelle un « oui, bien sûr » agacé. La présence de ma rouquine préférée ne pourra qu'agrémenter ma soirée, mais j'aurais aimé que Cyril me demande avant si j'étais désireuse de l'inviter.

Je me morigène pour cette pensée peu charitable. Que m'arrive-t-il ? Solène est mon amie, Cyril mon fiancé, et tous les deux ont achevé de sympathiser durant leur journée shopping. Où est le « blême », comme dirait Clovis ?

J'inspire profondément et m'efforce de sourire.

— On va bien se marrer à cette soirée, tu verras, assuré-je à ma copine. Une fête costumée, c'est toujours chouette.

Et si je me déguisais en cosmonaute ? C'est une bonne idée, ça. Je serais moins sexy que dans le rôle de la reine d'Égypte, mais mon infirmité passera davantage inaperçue. Un risque toutefois : mourir de chaleur dans une combinaison rembourrée.

Une fois Cyril parti, Solène reste encore un peu. Elle compatit à mon souci vestimentaire concernant le réveillon de fin d'année, mais accepte avec joie ma proposition de lui prêter la tenue de Cléopâtre. En échange, elle me conduira après Noël dans un magasin de déguisements afin que je puisse dégotter le costume qui s'accordera le mieux avec ma gambette droite inesthétique. (Pourquoi pas une bure de moine ?)

Franchement, Solène est vraiment adorable, toujours prête à rendre service. Je ne regrette pas d'avoir acheté pour elle, une semaine plus tôt, le blaser IKKS gris chiné qu'elle rêve d'avoir. Je le lui offrirai le soir du trente et un, elle sera contente.

Mon amie part dans le froid et la nuit vers dix-neuf heures. Je ne suis pas inquiète pour son intégrité physique, car elle habite à trois stations de tramway de chez moi, ce dernier passant pour ainsi dire au pied de mon immeuble et du sien.

Je me retrouve donc seule, face à mes cadeaux à emballer. Je devrais commencer mes paquets, fabriquer de jolis nœuds avec du ruban doré, mais je suis aussi peu réactive qu'une limace.

Les démangeaisons persistent sous ma chaussette, rendant inenvisageable la possibilité de remettre ma botte. Il me semble également que l'enflure autour de mon articulation prend de l'ampleur. Je regrette de ne pas avoir gardé Solène à manger, car la solitude me donne tout le loisir de cultiver la fleur vénéneuse de l'angoisse. Et si je préparais un œdème de Quincke, isolée dans mon luxueux T3 ? Ce n'est sûrement pas la voisine, une vieille dame malentendante et aimable comme une porte de prison, qui risquerait de répondre à mes cris de détresse en cas d'urgence.

Je consulte l'heure : dix-neuf heures trente. Appeler papa ? Non, pas possible, maman et lui se trouvent depuis ce matin dans leur maison de campagne lozérienne avec un couple d'amis et Clovis. Ils ne reviennent à Montpellier que le vingt-cinq pour fêter Noël chez moi. Si je leur téléphonais maintenant, ils seraient capables de prendre la voiture afin de regagner Montpellier en roulant à tombeau ouvert. S'ils avaient un accident à cause de moi, je ne me le pardonnerais jamais.

Sur un guéridon traîne l'ordonnance que j'ai ramenée de l'hôpital. Elle indique l'heure de mon rendez-vous en radiologie de la semaine prochaine, puisque je dois repasser sous les rayons X avant ma consultation de contrôle.

J'ôte ma chaussette et constate que, oui, ma cheville s'apparente plus à une patte d'ours qu'à un délicat cou-de-pied féminin. Je tâte ma gorge afin de détecter un signe de gonflement inquiétant. Je déglutis mal et je commence à respirer avec difficulté.

Affolée, je me penche pour saisir mon portable et l'ordonnance, et compose le numéro de téléphone du service d'orthopédie.

À cette heure, un vingt-trois décembre, j'évalue à dix pour cent la chance de tomber sur une réceptionniste vivante, et à un pour cent celle de réussir à parler à un médecin. À coup sûr, je vais être orientée vers une boîte vocale qui va gentiment me conseiller de rappeler demain.

Effectivement, un enregistrement numérique me dit d'appuyer sur plusieurs touches et j'entends une musique qui me fait penser à celles mises en sourdine dans les salons funéraires, ce qui n'augure rien de bon. Alors que je m'apprête à raccrocher, une voix humaine et sympathique me répond et veut savoir en quoi elle pourrait m'aider.

Sur le ton d'un soldat venant de sauter sur une mine et proche de passer l'arme à gauche, je raconte l'état de ma cheville et mon sentiment d'étouffement respiratoire. La fille garde son calme, preuve qu'elle doit avoir l'habitude de gérer des tas de psychopathes dans mon genre, puis demande quel orthopédiste s'est occupé de moi deux jours plus tôt.

— Axel Teissier.

Le fait de prononcer le nom de l'interne rend mes mains moites et mon larynx se contracte davantage. Encore un signe de l'œdème de Quincke sous-jacent ?

— Vous avez de la chance, dit mon interlocutrice en riant, il passe juste devant moi, il s'apprête à partir.

Elle doit éloigner le téléphone de sa bouche, mais j'entends distinctement : « Axel, tu as une minute, mon grand ? Une patiente pour toi… »

Je trouve que la donzelle s'adresse plutôt familièrement à l'orthopédiste. « Mon grand ? » C'est vachement intime comme terme !

Je n'ai pas le temps de m'interroger davantage au sujet des codes de bienséance entre une standardiste et un médecin, car la voix de Superman des fruits et légumes – accessoirement spécialisé en os – résonne à mes oreilles.

— Docteur Teissier, j'écoute.

J'hésite, me sentant soudain complètement stupide.

— Heu… salut. C'est Clémentine… Ohayon.

Il ne va pas se souvenir de moi. Nous nous sommes vus deux fois en une vie et, même si nos rencontres n'ont pas été banales, elles ne resteront pas gravées dans les annales des aventures les plus extraordinaires du vingt et unième siècle. De plus, cet homme doit palper tellement de chevilles cassées dans sa journée que la mienne ne doit pas l'avoir particulièrement marqué.

— Clémentine… Bonsoir ! Tu vas bien ?

Son timbre chaleureux me fait plaisir. Bêtement, j'espère que la standardiste est toujours à ses côtés pour constater que je suis une patiente VIP.

— Clémentine, reprend Axel. Un pépin ?

Je souris malgré moi.

— En fait, oui. Je pense que je fais une allergie, ma cheville est en train de bleuir comme si elle pourrissait.

Une idée horrible jaillit de mon cerveau.

— Tu crois que je pourrais faire une gangrène ?

Silence un peu interloqué à l'autre bout du fil, puis un éclat de rire.

— Une gangrène ? Merde, ce serait un cas d'école !

Mes yeux se remplissent de larmes. Et si c'était vrai ? Si j'étais en train de développer une maladie tropicale chopée dans ce foutu patin à glace plein de miasmes ?

— Tu as mal ? reprend le médecin d'un ton compatissant.

Je renifle pitoyablement.

— Non, pas tellement, mais ça me gratte et me brûle. J'ai avalé un comprimé d'Aerius il y a une heure, mais cela ne s'arrange pas. J'appelle le SAMU ?

Un autre silence, puis un petit toussotement.

— Bien, tu veux que je vienne te voir ?

La proposition me prend de court. Axel Teissier dans mon salon ? Le beau brun à la rescousse de la quarteronne agonisante ?

— Tu... tu pourrais ? bredouillé-je.

— Donne-moi ton adresse et je passe, si toutefois tu habites dans un périmètre accessible à moins d'une demi-heure de l'hôpital.

Je m'exécute d'une voix tremblotante. Il déclare arriver au plus vite.

Je raccroche et me redresse, la jambe droite relevée, image ne pouvant que faire penser à un flamant rose camarguais planté au milieu d'un étang.

Mes méninges fonctionnent à toute allure.

Un : je suis douchée et parfumée. Point positif.

Deux : je ne suis pas maquillée, mais ce serait malvenu de paraître apprêtée face à un médecin qui s'imagine trouver une moribonde chez elle.

Trois : au cas où mon état s'améliorerait par miracle, ai-je une bouteille de blanc au frais ? Si non, est-ce qu'un faugères rouge ferait l'affaire ?

# Chapitre 6

## *Axel*

En me garant sur le parking de la résidence, je me demande ce qui m'a pris de proposer à cette fille de venir la voir. J'ai beau adorer mon métier, il n'est pas dans mes habitudes d'effectuer des visites orthopédiques à domicile. Pour être exact, cela ne m'est jamais arrivé.

Je cherche le nom sur l'interphone et appuie sur le bouton, tout en notant le cadre chic du hall de l'immeuble éclairé. Mlle Ohayon aime le luxe, je l'avais déjà relevé lors de notre première rencontre. Faire ses courses dans un supermarché avec un sac Louis Vuitton sur l'épaule n'est pas des plus communs. La savoir institutrice est étonnant. Je l'aurais plutôt imaginée travaillant dans une boutique de vêtements de grande marque ou une parfumerie.

Un bip m'indique que je peux entrer. Je me dirige vers l'ascenseur et consulte ma montre. Si tout va bien, dans moins d'une heure, je serai enfin chez moi et m'octroierai le droit de m'affaler sur mon canapé devant un film en noir et blanc, ma marotte de vieux garçon quand j'ai la chance de pouvoir décompresser tranquille.

Je débouche au quatrième étage. Tout au bout du couloir au sol moquetté, une porte s'ouvre et une petite voix émet un « coucou » timide.

Je m'avance en souriant, bien que je ne sois guère à l'aise. Je stoppe à un mètre de la jeune femme et reste les bras ballants. C'est la troisième fois que je me retrouve face à elle en moins d'une semaine et mon jugement se confirme. Cette fille est un vrai canon, un mélange entre Noémie Lenoir et Tyra Banks… il y a pire.

Lui serrer la main ou lui taper la bise ? Ni l'un ni l'autre, c'est mieux.

— Hello, service d'urgence, plaisanté-je.

Elle s'efface pour me laisser entrer. Elle porte un legging noir et, au-dessus, un kimono rouge dont les pans se croisent sur le devant, maintenus en un large bandeau à la taille. Ses cheveux sont retenus en une queue basse, mais des bouclettes frisottent autour de ses joues. Avec ses yeux verts et son teint caramel, elle n'a pas besoin de maquillage pour être valorisée.

— C'est tellement gentil de venir, lâche-t-elle en grimaçant. Je me sens bête de t'avoir dérangé.

Elle esquisse une moue de gamine confuse qui remue quelque chose entre mon diaphragme et mon bas-ventre. Waouh ! Axel mon gars, il va falloir écourter cette visite le plus rapidement possible.

— Va t'allonger et montre-moi ça, fais-je d'un ton autoritaire.

Je mesure ce que je viens de dire et me reprends aussitôt.

— Enfin, tu peux rester assise si tu préfères.

Clémentine rit doucement et claudique devant moi, m'offrant la vue d'un postérieur joliment rebondi.

Elle s'installe contre les coussins d'une méridienne d'angle couleur crème et cale sa jambe sur un fauteuil placé en face. Sur la table à manger sont étalés des achats récents qui attendent d'être emballés, à en croire le rouleau doré et les rubans posés à côté. Je repère quelques enseignes connus, même pour un néophyte du shopping tel que moi, comme Swarovski ou Dior. En outre, je suis impressionné par le décor cosy et classe de l'appartement, tout le contraire de chez moi.

— J'ai remis la botte après t'avoir appelé, mais je l'avais enlevée au moins une heure, avoue-t-elle.

Je l'aide à se débarrasser de l'attelle et de sa chaussette de laine, puis examine l'articulation enflée et rouge.

Je fronce les sourcils.

— Tu serres beaucoup trop les scratchs, ma belle, ton sang circule mal dans les tissus. Tu es adepte du bondage ou quoi ?

Elle hausse les épaules.

— Pas du tout, mais l'infirmière qui m'a posé cette horreur m'a conseillé de fermement maintenir l'ensemble, se défend-elle.

Du bout des doigts, j'exécute un léger massage de la zone enflammée. Je relève le legging jusqu'au-dessus du genou afin d'inspecter le reste de l'épiderme. Il est indemne. Malgré moi, je remarque en la touchant que la peau cuivrée est douce comme du satin.

Clémentine fixe mes mains qui l'explorent et émet un long soupir suivi d'un toussotement. Est-ce mon examen qui la trouble ? Cette idée me perturbe et accélère mon rythme cardiaque.

— Donc… hum, tu disais avoir également des difficultés respiratoires ?

Elle pose ses deux paumes contre sa poitrine, inspirant et expirant avec application. Magnétisé, je suis les mouvements de sa cage thoracique, le kimono qui se tend et se détend contre ses seins.

— Non, ça va mieux de ce côté-là, assure-t-elle.

Nous nous dévisageons quelques secondes en silence et ce simple contact visuel suffit à me faire transpirer sous les bras.

— Où est le bas de contention prévu avec la botte ? interrogé-je en luttant comme un malade pour conserver une attitude professionnelle.

Clémentine grimace.

— Je ne le mets pas.

J'envoie une chiquenaude sur sa cuisse.

— Tu dois le mettre. Cela protégera ta peau et évitera ces rougeurs, cette chaussette en laine épaisse t'irrite. Quant à l'hématome, il va diminuer si tu gardes fréquemment la jambe en hauteur et que tu ne t'agites pas.

Ma patiente grommelle et semble si attristée que j'aurais presque envie de la prendre dans mes bras pour la réconforter. C'est dingue, j'ai l'impression de la connaître depuis toujours et que nous sommes amis. C'est pourtant loin d'être le cas. J'ignore tout d'elle, si ce n'est son métier.

— Je ne peux pas rester sans bouger, se plaint-elle. J'ai des invités qui viennent déjeuner pour Noël, des tonnes de choses à préparer.

Elle soupire à fendre l'âme.

— Je suis certain que tu sauras déléguer tes pouvoirs, fais-je d'un ton taquin. Ton compagnon pourra t'aider, non ?

J'inspecte discrètement le salon afin de tenter de déceler des traces de vie masculine indiquant que mon éclopée partage cet appartement avec le blond fadasse qui l'accompagnait au supermarché et l'appelait « pupuce ».

— Je ne suis pas mariée, répond Clémentine en pouffant. Je vis seule. Et toi ?

Son ton est malicieux. Elle m'adresse un sourire d'une blancheur éclatante qui fait pétiller ses yeux d'émeraude. À quoi joue-t-elle ?

Je quitte brusquement le canapé.

— Pas marié non plus.

Je racle ma gorge et consulte ma montre. Je dois partir. Maintenant.

— Si vraiment tu ne supportes pas cette attelle, viens demain à l'hosto et je demanderai qu'on te mette une résine.

— Un plâtre ? De mieux en mieux !

Elle se lève d'un bond en émettant un juron de charretier. Par réflexe, elle prend appui sur mon avant-bras. Par réflexe également, je la maintiens par la taille pour qu'elle garde l'équilibre, l'attirant ainsi contre moi.

Je ne suis pas beaucoup plus grand qu'elle. De ce fait, j'ai sa bouche tout près de la mienne. Sa peau dégage une odeur de fruit et je discerne de minuscules paillettes dorées dans le vert de ses iris.

Nos souffles se rencontrent et les doigts de la jeune femme se crispent sur mon poignet. Elle m'observe comme si je lui paraissais à la fois fascinant et menaçant. De mon côté, j'estime que c'est d'elle que vient le danger. Cette fille me fait perdre mes moyens et je n'aime pas ça.

Mon regard fuyant a la mauvaise idée de se poser sur le tissu qui couvre sa poitrine. Sous le croisé de soie rouge, j'aperçois la dentelle fine d'un soutien-gorge noir.

Inhumain, je vis quelque chose d'inhumain.

Il faut que Clémentine me balance une phrase assassine bien acidulée, ou bien que l'un de nos téléphones se mette à sonner, ou encore que l'immeuble s'écroule. Bref, il faut qu'un truc se passe, sinon je vais faire une connerie.

Clémentine fronce les sourcils et semble perplexe. Pourtant, elle n'essaie pas de se soustraire à notre promiscuité et continue de me dévisager avec attention. J'aperçois la pointe de sa langue rose entre ses dents quand elle esquisse une moue adorable, un peu craintive. Elle cherche peut-être quelque chose à dire, mais il se trouve que là, maintenant, je n'ai pas envie de discuter ni de libérer cette taille fine que j'enserre toujours.

Je sais ce qu'il m'arrive. Je suis crevé par mes heures de boulot. J'ai enchaîné opérations et consultations orthopédiques, j'ai eu ma dose de chutes domestiques, traumas sportifs en tous genres et cols du fémur pétés en maison de retraite. Je veux rentrer chez moi, je dois me reposer d'urgence, car, visiblement, je ne suis plus apte à raisonner.

La preuve : comme aimanté, j'incline légèrement la nuque pour effleurer de mes lèvres celles de ma captive. Elle tressaille, se fige quelques secondes, puis ses bras viennent entourer mon cou et son corps tiède et ferme se colle contre le mien.

Bon sang. Je suis en train de la faire, la connerie, non ?

La bouche de cette fille m'accueille avec une ardeur qui décuple la mienne et nos respirations s'affolent de concert. Je caresse ses cheveux et les libère du chouchou qui les retient. Les bouclettes qui tombent en cascade sur ses épaules dégagent un parfum sucré et citronné. Clémentine et ses pépins. Bordel, ce ne serait pas moi qui serais en train de me créer des problèmes, en cet instant précis ?

Je devrais lutter contre l'effet que cette sirène métissée exerce sur ma libido, mais j'en suis incapable. Fébrile, j'entrouvre le kimono de geisha et contemple avec émotion la beauté de sa poitrine dessinée de dentelle fine.

Clémentine pose ses paumes à plat sur mon torse dans une attitude de défense. Je m'immobilise en m'efforçant de repousser la bête sauvage qui a pris le contrôle de mon esprit. Cette fois, je suis allé trop loin.

— Ce n'est pas bien ce que nous faisons, chuchote-t-elle d'un ton sentencieux.

Elle a raison. Alors pourquoi se laisse-t-elle faire quand je me penche à nouveau pour l'embrasser ?

Je ne sais pas comment, mais nous nous retrouvons allongés sur la méridienne moelleuse. Nos corps se pressent l'un contre l'autre et nos jambes se mélangent, même si je fais attention malgré tout à la cheville blessée de la jeune femme. Je dégage un sein parfait du soutien-gorge noir et le taquine du doigt en effectuant de petits cercles autour de son aréole. La pointe sombre se durcit aussitôt, m'invitant à la mordiller avec avidité.

Mon érection est si puissante qu'elle me fait un mal de chien. Je passe la langue sur la peau soyeuse du décolleté et remonte vers le cou de Clémentine où je perçois les battements désordonnés de sa carotide.

— Je te préviens, si tu ne m'arrêtes pas, je vais te déshabiller entièrement et te faire des choses inavouables, murmuré-je.

En réponse, elle émet un soupir sensuel qui m'assure de sa totale coopération. L'idée qu'elle puisse me désirer autant que je la veux m'emplit d'un bonheur dont l'intensité m'effraie. Si je goûte au fruit défendu avec cette créature ensorcelante, il est à parier que mon âme y perdra de sacrées plumes de pureté.

Ses mains se glissent sous mon pull, se promènent sur le haut de mon dos et descendent avec lenteur vers ma ceinture. En même temps, elle frotte doucement son ventre contre le mien. Cette danse érotique nous arrache des gémissements traduisant notre état d'excitation.

— Tu es tellement..., marmotte-t-elle.

Son portable sonne sur la table basse en émettant un air de jazz, ce qui l'empêche de finir sa phrase. Je suis tellement quoi ? Beau ? Vicieux ? Inconvenant ?

Comme un fait exprès, mon propre téléphone se met à vibrer dans la poche arrière de mon jean.

Clémentine me repousse brutalement, m'envoyant rouler sur le tapis. Elle attrape son iPhone, sur l'écran duquel j'aperçois la photo du blond fadasse du supermarché. La jeune femme évite mon regard et se permet même de me tourner le dos pour répondre à l'appel.

Vexé, je me relève et m'attache à retrouver mon souffle. Sans consulter mon mobile, je devine que

Lisa cherche à me joindre. La synchronisation entre nos deux fiancés pourrait être marrante si ce n'était pas moi le héros de l'histoire. Héros ou victime, d'ailleurs ?

Clémentine recoiffe ses cheveux d'une main nerveuse tandis que je l'entends parler à voix basse et glousser un peu. Elle ne manque pas de culot, la garce. Pour ma part, je serais incapable de discuter avec Lisa maintenant.

J'enfile mon blouson que j'avais pendu à une chaise et effectue de grands signes pour attirer l'attention de celle qui était ma patiente et aurait dû se cantonner dans ce rôle.

M^lle^ Ohayon consent à me calculer sans cesser d'écouter son interlocuteur. Je lui indique la porte pour signifier mon départ. Elle affiche une mine fautive, mais j'ignore si c'est par rapport à moi ou à son mec. Elle m'adresse une mimique désolée tout en mordillant ses délicieuses lèvres encore rouges de nos baisers.

Nom d'un petit bonhomme, comme disait souvent tante Angèle, je ne suis pas passé loin de la catastrophe.

Je recule vers la porte en extrayant mon portable de ma poche. Je le montre à la jeune femme pour lui faire comprendre qu'elle peut appeler le service d'orthopédie en cas de besoin, pointant mon index vers sa cheville afin qu'il n'y ait pas d'ambiguïté entre nous. Elle a profité de ma fatigue pour m'envoûter, mais il ne faudrait pas qu'elle pense que je suis susceptible de devenir son amant occasionnel. Elle n'a qu'à s'adresser à son blond si elle est tellement en manque de câlins.

Une colère froide me monte à la gorge. Cette nana est une allumeuse sans conscience et moi un con sans volonté.

Par gestes de mime, Clémentine me prie d'attendre qu'elle finisse sa discussion avant de m'en aller. Je secoue la tête comme un âne buté et gagne la sortie.

Je quitte l'appartement en me réjouissant du fait que la belle estropiée serait incapable de me courir après, même si elle le souhaitait. Je ne veux plus la voir, je refuse d'être une fois de plus confronté à son regard enjôleur.

Une vague de remords s'abat sur mes épaules en même temps que ma tension sexuelle s'éteint. L'animal sauvage qui squatte mon corps et mon esprit à mon insu retourne se terrer dans sa savane et je redeviens moi-même.

Je n'aurais jamais dû venir ici.

Je redescends les étages par l'escalier à toute vitesse. Une fois monté dans ma voiture, je pose le front contre mon volant et me traite de tous les noms.

Mon portable sonne à nouveau. Lisa. Je lui passe souvent un coup de fil en sortant du boulot et elle savait que je terminais vers dix-neuf heures trente. Comme il est presque vingt et une heures, elle doit s'inquiéter.

Je soupire et me résigne à décrocher. Pour la première fois de notre vie de couple, je vais mentir à ma compagne en lui disant que j'ai été retenu par un patient à l'hôpital.

Le moins que l'on puisse dire est que je ne suis pas fier de moi.

# Chapitre 7

## *Axel*

Le lendemain, je bois un café avec mon pote Fabien, médecin urgentiste, avant d'entamer mes consultations. Je suis d'humeur massacrante, car j'ai mal dormi, pour ainsi dire pas fermé un œil. La journée qui s'annonce m'éreinte d'avance, même si je n'ai pas un programme très chargé. Nous sommes le vingt-quatre décembre, le service d'orthopédie est plutôt calme.

— Comment va Bénédicte ? demandé-je à mon compagnon en mettant trois sucres dans mon café pour le rendre buvable.

Le visage de Fabien s'illumine.

— Super. Elle ne dort pas beaucoup et moi non plus, mais ce n'est que du bonheur.

Sa femme et lui viennent d'avoir leur premier enfant, une fillette qu'ils ont appelée Maya. Elle est née dix jours plus tôt à la maternité d'Arnaud-de-Villeneuve, la structure hospitalière qui est reliée à la nôtre. Depuis, les discussions de mon ami sont essentiellement axées sur son bébé qui semble avoir apporté la plus grande félicité dans son couple.

Il m'envoie une bourrade sur l'épaule.

— Et toi, sinon, tu en es où avec Lisa ?

Je plonge le nez dans ma tasse.

— Ses parents sont arrivés de Brest hier soir, je réveillonne avec eux ce soir. C'est la première fois que je vais les rencontrer.

Fabien me considère avec amusement.

— Ouh, là, pense à te raser alors ! Mais en parlant de ses vieux, tu es chaud ou pas, pour le grand saut avec leur fille ?

Je ne tiens guère à m'engager dans ce débat aujourd'hui, même avec mon meilleur copain. Il est vrai que j'avais vaguement envisagé de proposer le mariage à Lisa aux alentours de Noël, la période des fêtes me semblant propice à ce genre de choses. Mais il faut que je m'organise. Demander sa main à une femme nécessite un effort de mise en scène, si on veut espérer que ladite promise garde de ce moment un souvenir inoubliable. Jusqu'ici, je n'ai pas trouvé le temps d'échafauder mon scénario de prince charmant. Et soyons lucides, avec ce qui m'est arrivé hier soir, je me sens à des années-lumière du personnage chevaleresque que j'imaginais incarner à cette occasion.

Oups, cela me fait penser que je n'ai toujours rien acheté à Lisa. Je dois pourtant déposer quelque chose pour elle sous le sapin ce soir. J'ai intérêt à foncer dans une bijouterie dès ma sortie d'ici en fin de journée, afin de dégotter un bracelet ou des boucles d'oreilles susceptibles de lui convenir. Elle adore tout ce qui brille, même si cela n'est pas en or. Je dois admettre que, sur ce plan-là, elle est facile à contenter. Un simple bouquet de fleurs suffit à la rendre heureuse.

— Vas-tu lui offrir une bague de fiançailles officielle, ce soir ? insiste Fabien.

Je lui lance un regard noir.

— Je n'ai pas fini mes études, je te signale. Arrête de me foutre la pression.

L'urgentiste ouvre son portable pour caresser du doigt sa photo en fond d'écran représentant Bénédicte et Maya joue contre joue. J'avoue que le cliché est attendrissant, même pour mon esprit ronchon de ce matin.

— Tu verras, c'est tellement beau de fonder une famille, continue mon romantique confrère.

Je songe aux sorties que nous avons pu faire, lui et moi, durant notre externat, lorsque nous étions célibataires. Les soirées médecine ou celles en boîtes de nuit se finissaient le plus souvent entre des bras féminins dont nous retenions rarement les prénoms. Nous en plaisantions ensemble les lendemains, comparant sans la moindre pudeur les talents sexuels de nos partenaires éphémères. Pour être honnête, Fabien était encore pire que moi dans la vulgarité descriptive et la vision machiste qu'il avait de ses conquêtes. Bénédicte a transformé mon chaud lapin en Bisounours responsable et ce changement de personnalité a quelque chose de flippant. Est-ce bien normal qu'une femme parvienne à avoir une telle emprise sur un cerveau masculin ?

Je finis mon café d'un trait.

— Bon, j'y vais. J'ai une reprise de hanche avec le professeur à dix heures, mais je passe en consult' d'abord.

Fabien opine tout en faisant mine d'envoyer contre le mur son bip qui le réquisitionne aux urgences.

— Si on ne se revoit pas d'ici ce soir, passe un joyeux Noël ! me dit-il en me tapotant l'épaule.

— Toi aussi.

J'étouffe un bâillement, pince mes joues et me frictionne le cuir chevelu, espérant me mettre l'esprit au travail. J'adore mon métier, vraiment, et j'ai intérêt à assurer en tant que futur chef de clinique dans ce service. Mais le souvenir de deux yeux vert émeraude me hante depuis hier, au point de m'ôter toute énergie.

À se demander si je n'ai pas été ensorcelé par un rite vaudou.

Je referme la chambre de mon dernier patient à dix-sept heures, heureux à l'idée d'être de repos le lendemain, et même le vingt-six décembre. Je n'ai plus qu'à trouver une bijouterie avant de foncer à la maison pour me doucher. Je tiens à me pointer à l'heure dite chez Lisa, avec un beau cadeau pour elle, du bon champagne et les présents que j'ai déjà achetés (illogisme incompréhensible de ma part) pour ses parents.

Je passe devant Sandra, la standardiste d'ortho qui est devenue une amie. Elle est petite et fine comme une brindille, mais sa gouaille et son caractère bien trempé font rentrer plus d'un patient agressif dans sa coquille.

— Personne n'a appelé pour moi, cet après-midi ? lui demandé-je.

Elle consulte son calepin sur lequel sont collés des dizaines de post-its qu'elle est la seule à pouvoir déchiffrer.

— Attends, je regarde… Non.

J'accroche ma blouse à un porte-manteau et m'apprête à aller récupérer mes vêtements de ville au vestiaire des médecins.

— Ah si ! M^lle^ Ohayon…

Je me fige avant de pivoter vers elle.

— Qu'est-ce qu'elle voulait ?

Sandra me dévisage avec curiosité.

— Ce n'est pas la fille qui a appelé hier ?

La mémoire des nanas me surprendra toujours. Je tente de garder un air indifférent.

— Elle a demandé à me parler ?

— Négatif. Elle tenait juste à te remercier pour ta gentillesse et te dire que sa cheville avait dégonflé.

Je hoche la tête, tandis que des souvenirs sournois viennent danser sous mon front. J'entrevois des lèvres roses et douces, une peau satinée frémissant sous mes doigts… Ma gentillesse… tu parles.

Il faut que j'arrête de penser à elle.

— Je dois y aller. Joyeuses fêtes, Sandra.

— À toi aussi, docteur. Passe le bonjour à ta chérie !

Retour à la réalité. Ce soir, c'est le réveillon de Noël et je vais rencontrer les parents de Lisa.

Je devrais être super content. Alors pourquoi je traîne ainsi la patte en regagnant le parking de l'hôpital ?

# Chapitre 8

## *Axel*

Je sonne chez Lisa à vingt et une heures pétantes. Une fois n'est pas coutume, je suis rasé de près et sapé comme un prince, ce qui m'a demandé un gros effort vu que je suis plus du style jean-baskets que tenue de cérémonie. Je n'ai pas été jusqu'à m'affubler d'une cravate, accessoire que je déteste, mais je porte le costume gris anthracite que j'avais acheté pour le mariage de Fabien et Bénédicte, avec une chemise blanche. Pour ne pas geler sur place, j'ai enfilé le manteau mi-long noir offert par tante Angèle deux ans plus tôt. J'ai rarement l'occasion de le mettre.

Lisa ouvre la porte de la villa qu'elle loue à Castelnau-le-Lez, une commune qui jouxte Montpellier.

Je lui souris derrière mon bouquet de roses rouges et blanches.

— Oh… tu es trop beau ! crie-t-elle en joignant les deux mains.

Elle n'est pas mal non plus. Non, en réalité, elle est très jolie. Elle porte une robe moulante noire avec de hauts escarpins à bout rond qui la grandissent de dix bons centimètres. Ses cheveux blonds lâchés sont parfaitement lissés, comme d'habitude.

Elle me remercie pour les fleurs et me saute au cou.

— Je suis trop contente à l'idée de te présenter maman et papa, chuchote-t-elle contre mes lèvres.

Je la serre contre moi sans répondre, embarrassé par ce bonheur. Ne devrais-je pas être heureux et impatient de rencontrer ses parents, moi aussi ?

Je soulève le sac de courses qui m'accompagne et lui emboîte le pas vers le salon.

D'emblée, je trouve sa mère sympathique. Elle s'appelle Lydie. C'est une petite femme potelée avec des cheveux châtains coupés au carré. Son visage avenant respire la bonté. Claude, le papa, est assez grand et presque maigre. De lui, Lisa a hérité des traits fins et des yeux noisette. Il me gratifie d'une poignée de main virile tandis que Lydie m'embrasse affectueusement.

— Nous sommes si contents de te rencontrer, Axel, glousse-t-elle.

— Moi de même, fais-je en essayant de ne pas avoir l'air crispé.

J'évite de croiser le regard de Lisa. Dans cette maison décorée de guirlandes du sol au plafond, près de l'immense sapin scintillant qui dégage une odeur de forêt, j'ai l'impression d'être un intrus. La honte me cisaille le ventre et j'ignore de quelle façon je vais pouvoir me racheter une bonne conduite. Franchement, comment ai-je pu me laisser aller à embrasser et peloter une inconnue, il y a à peine vingt-quatre heures ?

Claude débouche la bouteille de champagne qui attendait ma venue dans un seau. J'en profite pour conseiller à Lisa d'aller mettre au frais le magnum de Mumm que j'ai apporté. Je devine que je vais picoler ce soir. J'ai besoin de décompresser, sans pour autant finir sous la table, bien sûr. Cela ferait mauvais genre devant mes futurs… devant les parents de Lisa.

Cette dernière rapporte de la cuisine des toasts au saumon. Elle est radieuse et sa joie m'attendrit autant qu'elle attise ma culpabilité déjà à fleur de peau. Un salopard et un menteur, voilà ce que je suis.

Nous commençons par discuter travail. Ma profession semble impressionner les géniteurs de ma compagne, tous deux retraités de la SNCF. J'avoue que leur admiration met un peu de baume sur ma mauvaise conscience, sachant pourtant qu'être chirurgien orthopédique ne m'empêche pas d'être un imbécile.

— Je ne suis pas arrivé au bout de mes peines, leur fais-je remarquer. Je dois encore passer mon clinicat.

— Quand même, dit Claude en hochant la tête, tu es destiné à une brillante carrière, ce n'est pas donné à tout le monde.

Gêné de lui paraître aussi glorieux alors que j'ai failli tromper sa fille la veille, j'oriente la conversation sur le métier de Lisa. Depuis deux ans, elle a ouvert un cabinet d'orthophonie avec une collègue. Leur carnet de rendez-vous ne cesse de se remplir et ma fiancée n'est pas peu fière de sa réussite. Comme moi, elle adore ce qu'elle fait, les gamins, surtout. C'est son truc de rééduquer leur élocution.

Lydie nous observe assis côte à côte et joint les deux mains avec ferveur, comme l'a fait Lisa à mon arrivée. Un tic familial, sans doute.

— Vous êtes si beaux tous les deux ! Tellement bien assortis !

Claude cligne de l'œil.

— Si vous faites des mômes, vous nous en garderez un, plaisante-t-il.

J'apprécie moyennement cet humour basique, mais Lisa se met à rire comme une écervelée. Il semblerait que la présence de son père et sa mère la rende un tantinet bébête, ce qui devrait m'amuser au lieu de m'énerver.

Nous finissons la bouteille de champagne en devisant de choses et d'autres, puis passons à table. Le repas que Lisa et moi avons prévu est savoureux, bien que je n'y sois pas pour grand-chose. Disons que j'ai payé la moitié de l'addition et que Lisa a fait le reste.

Les huîtres sont excellentes, le pâté de lotte effectué par ma compagne très réussi et la dinde farcie au foie gras et sauternes parfaitement moelleuse. L'alcool aidant et mis en confiance par la simplicité et la jovialité de Lydie et Claude, j'ai fini par me détendre et je passe une bonne soirée. Ces gens ressemblent au souvenir lointain que je cultive de mes parents, un couple uni et bienveillant.

Le plateau de fromages est démesurément garni, comme toujours avec Lisa et moi. Claude se moque gentiment de notre passion partagée pour cet aliment.

— Tais-toi ! C'est très important d'avoir des points communs ! le gronde Lydie.

J'acquiesce en levant vers elle mon verre de saint-émilion. Je commence à ressentir le ramollissement cérébral de celui qui a trop bu et mangé. C'est une sensation plutôt agréable.

— Axel, tu viens m'aider à préparer le dessert ? lance Lisa.

Lydie consulte sa montre.

— Il est bientôt minuit… c'est l'heure des cadeaux, non ?

— Attends, maman ! ordonne ma fiancée en roulant de gros yeux.

Elle m'entraîne dans la cuisine et se presse contre moi pour m'embrasser. Ses lèvres ont un goût de roquefort, mais, comme je viens moi-même de dévorer une tranche de munster, je ne peux pas la blâmer.

— Loukoum, chuchote-t-elle à mon oreille. Tu m'aimes fort ?

Je l'attire contre moi et cache mon visage dans ses cheveux.

— Oui, évidemment.

— Tu m'aimes puissance combien ?

Je fronce les sourcils et ma mauvaise humeur revient. Ce soir, je n'ai pas le cœur de la suivre sur un terrain de jeu sentimental. D'ailleurs, je ne crois pas être un garçon particulièrement romantique. Cela explique peut-être pourquoi j'ai tant de mal à formuler ma demande en mariage. J'ai perdu mon père d'un accident de voiture à dix ans et ma mère d'un cancer foudroyant du pancréas, dix-huit mois plus tard. Ce parcours affectif a de quoi durcir le caractère.

— Alors ? insiste Lisa. Tu m'aimes puissance deux, trois... dix ?

Je me force à rire.

— Puissance mille. Ça te suffit ?

Elle me repousse doucement et me détaille avec une attention teintée d'inquiétude. Une alarme clignote aussitôt dans mon esprit embrumé. Pourquoi me fixe-t-elle de la sorte ? Aurait-elle deviné pour hier soir ?

— Axel... J'ai quelque chose d'important à te dire.

Aïe ! Je suis mal barré.

— C'est grave ? demandé-je d'une voix un peu éraillée.

— Je ne sais pas, en fait...

Lydie entre à point nommé dans la cuisine. Je ne suis pas en état pour une discussion sérieuse.

— Je peux vous aider, les enfants ?

Lisa esquisse une grimace de dépit, mais sourit à sa mère.

— Finalement, tu as raison, maman, on servira la bûche glacée après le passage du père Noël.

Lydie nous étudie l'un après l'autre avec curiosité. Elle finit par me pointer du doigt.

— On t'a déjà dit que tu ressemblais à Patrick Bruel quand il était plus jeune ?

Je lui réponds que non. Elle pouffe derrière sa main comme une gamine.

— Il me faisait rêver, il y a quelques années… et même aujourd'hui, je le trouve encore pas mal.

Je souris. La brave femme doit être un peu pompette.

— Je prends donc cela comme un compliment, fais-je galamment.

Lisa s'esclaffe avec sa mère, ce qui me rassure. Ce qu'elle avait à me dire ne devait pas être si important.

Nous regagnons tous les trois la salle à manger. Les cadeaux attendent au pied du sapin. En y déposant les miens, j'ai remarqué que cinq paquets portaient mon prénom, ce qui m'a embarrassé. Pour ma part, je n'ai prévu qu'un présent par personne : un bijou pour Lisa, des chocolats Léonidas pour Lydie et une bonne bouteille de rhum arrangé pour Claude, sa fille m'ayant confié qu'il aimait ce genre de breuvage.

— Joyeux Noël à tous ! fait Lydie en frappant des mains avec entrain.

Lisa m'offre une chemise Tommy Jeans bleu foncé, une enceinte Bluetooth en colonne et un bonnet de laine gris avec une écharpe assortie. De la part de ses parents, je reçois une marinière bretonne et un K-way. Ils s'amusent de ma perplexité par rapport à l'imperméable.

— C'est juste pour te signifier que tu es le bienvenu chez nous quand tu le souhaites, explique Lydie en rosissant légèrement.

— Je t'emmènerai à la pêche, assure Claude d'un air prometteur.

Bien que n'ayant pas tellement le pied marin, je me déclare impatient d'aller taquiner la daurade en sa compagnie et les remercie, son épouse et lui, pour ces vêtements pittoresques. Eux semblent contents de mes chocolats et du rhum.

J'observe Lisa qui ôte le papier doré entourant mon cadeau. Elle contemple avec émotion l'écrin de bijoutier, hésite presque à l'ouvrir.

— Oh, oh... ne serait-ce pas une bague ? interroge Lydie tout en avalant une praline avec gourmandise.

Je résiste mal à l'envie de la fusiller des yeux. Lisa soulève le couvercle du coffret. Je perçois la déception qui plisse son front une demi-seconde, avant qu'elle ne pousse une exclamation ravie. Elle espérait une bague de fiançailles officielle, évidemment, pas une chaîne en or, même agrémentée d'un petit saphir en forme de goutte.

— Si cela ne te plaît pas, tu pourras aller le changer, dis-je précipitamment pour cacher ma gêne.

— Arrête, c'est magnifique ! Merci beaucoup !

Elle dépose un baiser sonore sur mes lèvres.

— Un saphir, ma cocotte, ce n'est pas rien ! estime Claude.

Je lui adresse un sourire reconnaissant.

— Ce n'est pas une grosse pierre, mais mon salaire d'interne est assez médiocre, il faut le dire. Le diadème en diamant sera pour plus tard.

Pour faire rire Lisa, je me coiffe du bonnet et passe l'écharpe autour de mon cou.

— Si on trinquait ? proposé-je.

Tout le monde approuve. Je vais chercher le magnum de Mumm dans la cuisine. Ma tête plongée dans le frigo n'empêche pas la voix de Lisa de parvenir jusqu'à mes oreilles.

— Il culpabilise parce que je touche plus que lui à la fin du mois.

Je fronce les sourcils. Pour qui se prend-elle ? Il est vrai qu'elle gagne sa vie beaucoup mieux que moi, mais ce n'est pas une raison pour laisser entendre à ses parents que cette situation me frustre. En réalité, l'argent ne représente pas grand-chose à mes yeux et je compte bien garder cet état d'esprit tout au long de mon existence. Contrairement à bon nombre de mes collègues qui ne briguent qu'une future carrière dans le privé, finir praticien hospitalier ne m'apparaît pas comme un déshonneur. Je désire pouvoir donner des cours à la faculté, m'adonner à la recherche médicale si j'en ai la chance et, surtout, je souhaite rester dans un environnement concret et humble. C'est ma tante Angèle qui m'a inculqué ces valeurs humaines et j'en suis fier.

Je reviens dans le salon avec ma bouteille et la débouche avec des gestes un peu brusques.

— Lydie, Claude… buvons à la réussite financière de votre fille !

Lisa rougit violemment et je m'en veux aussitôt. Je m'approche d'elle pour emplir sa coupe.

— Je rigole. J'ai juste entendu ce que tu as dit.

Elle se mord les lèvres.

— Je plaisantais, moi aussi, fait-elle d'un ton désolé. Tu n'es pas vexé, au moins ? Tu sais bien que je me moque complètement de l'argent que tu peux gagner, n'est-ce pas ?

Je jette un regard vers ses parents qui paraissent un peu mal à l'aise. Je ne vais quand même pas gâcher le réveillon de ces gens si gentils parce que j'ai trop picolé et que j'ai mauvaise conscience ? Lisa n'est pas intéressée par le fric, c'est une fille simple qui ne fantasme pas sur une vie de château. Nous sommes tous les deux issus de milieux modestes et c'est pour cela que nous nous entendons bien. Nous aimons partir nous promener une journée en montagne en emportant un pique-nique, quand d'autres ne rêvent que d'effectuer des voyages extraordinaires à l'autre bout du monde.

Je caresse sa joue d'un doigt affectueux.

— Non, je ne suis pas vexé. Ce n’est pas de ma faute si tu as déjà fait carrière. C’est aussi une question d’âge.

Lisa sourit, soulagée par mon ton espiègle. Pourtant, elle déteste quand je lui rappelle ses quatre ans de plus que moi.

Lydie émet un gloussement.

— Oui, bientôt trente-cinq ans, ma fille. Le temps passe vite, n’est-ce pas ?

J’approuve, sans vraiment comprendre ce qui signifie sa mine entendue.

— Bon, mon gars, tu les remplis ou pas, ces verres ? intervient Claude.

Il sort une boîte de cigarillos de sa poche.

— Et après, ça te dit de m’accompagner ?

Un peu que ça me dit ! Je ne fume pas souvent, mais en cette soirée qui se déroule mieux que je ne le craignais, inhaler un peu de tabac achèvera de me détendre.

— Maman, tu veux une clémentine avant la bûche, pendant que ces messieurs s’intoxiquent ? demande alors Lisa.

Elle tend la coupe de fruits à sa mère.

— Clémentine ou mandarine d’ailleurs, je n’ai jamais su faire la différence.

— Elles n’ont pas le même goût, rétorque Lydie. La mandarine est plus sucrée et je crois qu’elle a moins de pépins… ou bien c’est l’inverse.

J'avale de travers ma gorgée de champagne. Compatissante, Lisa vient tapoter mon dos.

— Ça va, loukoum ?

Je la dévisage, elle me rend un regard dénué de tout soupçon. Je retrouve une respiration normale et suis Claude, qui se dirige vers la véranda pour fumer.

Et voilà. Une discussion portant sur les agrumes a suffi pour que deux yeux verts reviennent hanter mes souvenirs.

Je ne peux m'empêcher de me demander comment se passe le réveillon de Noël de Clémentine. Parvient-elle à faire bonne figure face à ses proches, ou sa soirée est-elle assombrie par le poids des remords, tout comme la mienne ?

# Chapitre 9

## *Axel*

Je me jette sur le lit de Lisa et m'y vautre comme un phoque sur la banquise, pendant que ma fiancée et sa mère terminent de ranger la vaisselle en papotant gaiement. J'ôte mon pantalon et ma chemise avec des gestes maladroits, luttant contre l'envie de succomber au sommeil, le temps au moins d'enlever mes chaussettes qui me paraissent très éloignées de mes bras. À cause de Claude le Breton, je n'ai pas respecté la promesse que je m'étais faite, c'est-à-dire de ne pas finir bourré ce soir. Le père de Lisa a tenu à ouvrir la bouteille de rhum arrangé que je lui ai offerte. Je me demande s'il pourra en ramener quelques décilitres chez lui, vu le nombre de verres à liqueur que nous avons descendus sous la véranda tout en fumant des cigarillos. Demain, en plus d'un mal de crâne carabiné, il est à prévoir que j'aurai également la gorge enflammée.

Je suis plongé dans une torpeur comateuse quand Lisa vient me rejoindre. Elle se glisse sous la couette en bataillant un peu, car je suis enroulé dedans comme un nem, puis elle se blottit contre mon dos et passe une jambe entre les miennes. Malgré ma léthargie, je perçois qu'elle est en tenue d'Ève, provocation à laquelle elle se prête uniquement lorsqu'elle est d'humeur coquine. Ouh, là, je ne voudrais pas la décevoir une fois de plus ce soir, mais je ne suis vraiment pas en état.

Elle se redresse et embrasse ma joue. Son haleine sent la menthe et juste un peu le champagne. Ma compagne est sobre comme un chameau, je ne l'ai jamais vue saoule.

— Loukoum... mon loulou... tu dors ? chantonne-t-elle à mon oreille.

Je grogne pour répondre que non et enchaîne sur un bâillement sonore, espérant lui faire entendre qu'elle ne doit pas compter sur ma vaillance masculine cette nuit. Nullement découragée, elle rit doucement et immisce ses doigts sous mon slip. Elle tente de ranimer la chose flasque qui s'y trouve, sans succès.

— Tu es fatigué ? lance-t-elle dans un soupir.

Je fais un effort et me tourne vers elle.

— J'ai eu une dure journée, lâché-je en essayant de ne pas envoyer mon souffle fétide vers son nez.

Elle me pince le flanc.

— Tu as surtout trop picolé... Et mon père pas mieux !

Elle rit doucement.

— Vous vous entendez super bien, je suis trop contente.

— Mouais, sont... sympas... tes parents, dis-je en bâillant à nouveau.

Je ferme les yeux. J'ai besoin de repos, d'oubli et de laisser mon foie travailler. Pour le coup, cet organe-là va avoir du boulot.

— Loukoum... tu te souviens, tout à l'heure dans la cuisine, j'avais un truc à te dire...

Je grimace dans le noir.

— Cela ne peut pas attendre demain ? Je suis vraiment cassé, là.

Lisa caresse mes cheveux, ce qui a le don de me détendre, elle le sait. Je me sens attiré avec une force décuplée vers les bras de Morphée.

— D'accord, on reporte la discussion, décide-t-elle en embrassant mon front. Je ne veux pas parler avec un type à moitié conscient.

Je cale mon visage dans son cou. Il dégage une agréable odeur de savon.

— Merci, chérie.

Elle se presse contre moi, frottant les poils doux de son pubis contre le haut de ma cuisse. Étonnamment, mon corps apathique daigne soudain se sentir concerné. Lisa note la naissance timide de la rigidité qui tend mon slip et émet un gloussement ravi avant de plonger la tête sous la couette. De sa bouche, elle capture mon pénis en phase de réveil et entreprend de lui donner envie de développer au mieux ses capacités.

Je gémis sous la chaleur humide qui vient m'envelopper, mais, malgré mes efforts poussifs de concentration et ceux fort motivés de ma compagne, il ne se passe rien de plus. Je n'arrive pas à raidir convenablement et n'ose pas imaginer à quoi peut ressembler mon appendice flagada pourtant cajolé avec ardeur. Au bout de longues minutes de bataille acharnée, Lisa se lasse et déclare forfait.

— Désolé, murmuré-je en l'entourant de mes bras.

— Ce n'est pas grave. Dors, va. Demain sera un grand jour.

Pourquoi dit-elle cela ? Parce que ce sera Noël ? Elle n'est pourtant pas férue de religion, d'après ce que j'en sais. Je ne crois pas que la naissance du petit Jésus l'émeuve à ce point-là.

Elle veut m'entretenir d'un sujet qui semble lui tenir à cœur. Dans mon esprit embrumé par les vapeurs d'alcool, j'essaie de deviner de quoi il s'agit. À tous les coups, elle va à nouveau me proposer d'emménager sous son toit. Jusqu'à maintenant, j'ai refusé de l'envisager. J'ai une vie de dingue, j'enchaîne les heures de travail et d'astreintes et, quand je suis chez moi ou à la fac, c'est pour compulser bouquins et revues scientifiques. Imposer ce rythme chaotique à quelqu'un serait égoïste. Bon, j'avoue aussi que je répugne à sacrifier mon indépendance.

En même temps, ne serait-ce pas le moment de me lancer et jeter aux orties mon statut d'homme libre ? J'aime Lisa, c'est évident, puisqu'elle est parfaite. C'est une femme compréhensive, mignonne et posée. En habitant avec elle, je m'économiserais un loyer et je suis certain qu'elle me concocterait de savoureux petits plats chaque soir. Quand je rentrerais de l'hôpital, elle serait souriante et m'attendrait avec patience pour dîner, même en cas de retard.

Pour autant, me trouver piégé dans les filets d'une relation de couple au quotidien continue de m'effrayer. Jusqu'ici, je me suis toujours débrouillé seul dans la vie. Je ne dois ma réussite à personne, si ce n'est à ma tante Angèle qui a été ma bonne fée durant mes années de collège et lycée. Je ne suis pas sûr de vouloir dépendre d'une femme, m'engager à affronter les tourments d'une existence commune avec elle, lui imposer mes matins grincheux et mes dimanches soir mélancoliques.

Je sais pertinemment que Lisa tient à officialiser notre couple, mais j'ignore si je suis équipé de toutes les pièces pour faire un époux convenable. Comment en être certain ? Un Pacs serait-il acceptable, moins risqué ? Bon sang, pourvu qu'elle n'exige pas de moi une demande en mariage en bonne et due forme demain. Je ne suis pas assez préparé, pas encore.

L'angoisse menace de repousser mon envie de dormir, bien que mon corps soit lourd comme du plomb. Heureusement, les doigts de ma compagne reprennent leurs tendres gratouilles dans mes cheveux. Je me détends pour de bon, mes paupières se mettent à papillonner, puis se ferment.

Demain, j'ai prévu d'aller voir tante Angèle, mais, ensuite, je compte bien paresser et profiter de cette journée de congé. J'espère me réveiller avec les idées claires. Je trouverai peut-être logique le fait de venir vivre dans cette maison ? Au fond de moi, c'est peut-être ce que je souhaite, une vie de couple bien rangée. Et si Lisa désire tellement se marier, on pourra peut-être fixer une date vers la fin de l'année… ou le début de l'année prochaine ? Bientôt, quoi… mais pas de suite. On a encore… le… temps… y a pas le feu… y a rien… qui presse… pas… de stress…

Rideau.

# Chapitre 10

## *Clémentine*

Vingt-quatre décembre. Le téléphone me réveille en sursaut. Je me redresse d'un coup, aussi hébétée que si je venais de recevoir un verre d'eau glacée sur la tête. J'ai passé la nuit sur ma méridienne, enroulée dans ma polaire préférée (celle avec la Reine des neiges dessus). Tout en tendant le bras pour attraper mon iPhone, je me souviens avoir enchaîné les séries débiles à la télévision en sirotant le faugères rouge que j'avais débouché hier, après le départ d'Axel.

— Allô ? Ah, salut, maman.

J'ai l'élocution laborieuse de celle qui n'a pas fini d'éliminer l'alcool ingéré en excès. Sans le vérifier, j'imagine que mes dents sont teintées de violine, vu que je me suis endormie sans les avoir brossées. Je crois ne pas avoir mangé autre chose que des chips à la crevette, le paquet étant à moitié répandu sur mon tapis persan. Une chance que je n'aie pas vomi partout sans m'en rendre compte, cette indignité m'étant déjà arrivée dans un passé pas si lointain, quand j'étais encore célibataire.

Ma mère me raconte ce qu'elle prépare à dîner pour le réveillon de ce soir. Papa et elle sont en Lozère en compagnie de quelques amis, avec mon frère. Maman me dit que Clovis fait la gueule parce qu'il capte mal le réseau Internet et que le temps est glacial. Je m'applique à émettre des « hum » et des « ah oui ? » aux bons moments, en camouflant des bâillements derrière ma main.

En même temps, j'essaie vainement de m'empêcher de penser, de penser à Axel, à nos baisers. Je m'efforce de repousser l'image de son corps contre le mien, à l'envie que j'avais de faire des choses cochonnes avec ce type que je connais à peine.

L'horreur de la situation me frappe de plein fouet. Je me perds dans la logorrhée de ma mère qui m'explique en détail à quel point il est difficile de réussir une crème anglaise sans grumeaux quand on est dans une maison de campagne équipée d'ustensiles de cuisine rudimentaires.

J'ai failli tromper Cyril, idiote irresponsable que je suis ! Comment te dire, mamounette... le devenir de ta crème anglaise glisse sur les rails de mon indifférence.

Réfléchissons : est-ce qu'embrasser, c'est tromper ? Est-ce qu'avoir envie de faire l'amour avec un homme, c'est faire offense à son fiancé, si le fiancé n'est pas l'homme en question, évidemment ? Pour oui, taper 1, pour non, taper 2.

Je déclare à ma mère que je suis certaine que ses œufs à la neige seront excellents ce soir. J'ajoute que je suis impatiente de les recevoir à déjeuner le lendemain, papa et elle, que mon plaisir est décuplé à l'idée que les parents de Cyril et sa sœur (une chieuse à temps complet) seront également présents. Comme je mens bien, maman me croit et m'embrasse avant de raccrocher pour retourner à ses fourneaux.

J'ôte les scratchs de mon hideux matériel orthopédique afin d'étudier l'aspect de ma jambe. Ouf, ça va. L'œdème s'est résorbé et la couleur betterave que présentait ma peau la veille tend à tirer vers un rosé acceptable.

Rassurée, mais désireuse de mettre toutes les chances de mon côté pour que ma fissure se soigne au plus vite, je vais chercher le bas de contention prévu avec la botte. Je le trouve au fond de mon tiroir de sous-vêtements, tel un intrus insultant mes dessous raffinés. Avoir une mère qui tient un magasin de lingerie fine fait de moi une privilégiée des petites culottes en dentelle. Avec le nombre de modèles que je possède, je pourrais prétendre à ouvrir ma propre boutique.

En soupirant, j'enfile et déroule le boudin compressif beige autour de mon mollet. Super sexy, le machin ! On dirait que j'ai emprunté un mi-bas à ma vieille voisine.

Tandis que je gagne la cuisine pour déjeuner, mes pensées retournent à ce qui s'est passé la veille entre Axel et moi. Tout en me préparant un mètre cube de thé à la menthe, je caresse mes lèvres du doigt, troublée en songeant à mon Superman des fruits et légumes. Qu'est-ce qui lui a pris de m'embrasser ?

La bonne question serait plutôt : qu'est-ce qui m'a pris, à moi, d'accepter qu'il vienne chez moi ?

J'essaie d'analyser froidement la situation. Entre Axel et moi, c'est juste de l'attirance physique. Nous nous connaissons à peine, voire pas du tout, et nous sommes fiancés chacun de notre côté.

À noter qu'il n'est absolument pas mon style d'homme. J'apprécie les gars habillés avec goût, qui prennent soin de leur voiture et possèdent un appartement rangé et propre. Je parierais qu'Axel est bordélique, ne s'arrête pas à des choses superficielles et se moque de la mode. Cyril, lui, répond à tous mes critères. Et je l'aime.

J'avale une gorgée de thé brûlant et consulte ma montre. Presque quinze heures ! Crotte, mon dentiste se pointera dans moins de quatre heures. Il ne faut pas qu'il trouve le salon en désordre, cela lui déplairait autant qu'il s'en étonnerait. Je dois emballer les cadeaux qui attendent sur la table, aspirer les bouts de chips sur le tapis et aller me doucher. Je suis à la bourre, ce n'est pas le moment de rêvasser.

Heureusement, ma cheville va mieux. Je n'aurai pas besoin de retourner à l'hôpital aujourd'hui. Hier soir, l'angoisse due à mes démangeaisons et mon pied enflé m'a rendue faible, c'est pour ça que j'ai dérapé avec l'orthopédiste. Il faut admettre qu'il est sympa, drôle et mignon… et qu'il embrasse trop bien. J'ai adoré cette petite irritation que ses joues mal rasées infligeaient à ma peau quand il la parcourait de ses lèvres. Et lorsque sa langue a suivi le sillon entre mes seins, c'était tellement sensuel et… et puis mon portable avait sonné et… tiens, il sonne aussi maintenant. Et c'est à nouveau mon fiancé qui appelle.

Il demande si j'ai bien dormi (oui, comme une pocharde, mon chéri), si ma cheville va mieux (oui, un spécialiste est venu l'étudier de près hier soir, chéri) et si je suis prête à me lancer dans un atelier cuisine en fin d'après-midi (oh, chouette…

qu'est-ce que je vais me marrer à nettoyer tous les plats que tu vas salir et empiler dans l'évier !!!).

Je raccroche. Je suis d'humeur morose et je me sens fatiguée.

Bon, on va s'organiser. D'abord, je vais appeler l'hôpital pour laisser un message à Axel afin qu'il sache que l'état de ma jambe s'est amélioré. Ainsi, il comprendra qu'il n'a pas besoin de me joindre pour prendre de mes nouvelles, au cas où il en aurait envie.

Je compose le numéro du service d'orthopédie. Après la musique d'attente funèbre, je tombe sur une voix chaleureuse. Il me semble reconnaître la standardiste de la veille, celle qui paraissait copine avec Axel. D'un ton plutôt froid, je la charge de transmettre quelques mots au docteur Teissier : « M^lle^ Ohayon vous annonce que sa cheville a désenflé et vous remercie pour votre gentillesse. » C'est neutre, clair et poli. Parfait.

Affaire Axel classée.

Allez, je me bouge. Au programme : emballage des cadeaux, nettoyage du salon et douche.

Quand Cyril arrivera, je dois être apprêtée et souriante, car c'est ce qu'il attend de moi. Jusqu'ici, je ne l'ai jamais déçu, du moins je l'espère.

Ce serait dommage de commencer la veille de Noël.

Lorsque Cyril pénètre dans mon appartement à dix-huit heures trente, je suis habillée, maquillée et parfumée. Mon salon est propre et les cadeaux emballés, entassés sous mon sapin de Noël artificiel installé contre la porte-fenêtre.

— Tu vas bien ? s'enquiert mon fiancé en posant un smack sur mes lèvres.

Je réponds par l'affirmative tout en l'observant avec un mélange de tendresse et de remords. Lui a dû passer une bonne nuit suivie d'une journée agréable, car son teint est frais et ses yeux pétillent d'énergie.

— Je suis impatient de bourrer la dinde ! lâche-t-il gaiement.

J'affiche un air ahuri qui le fait glousser.

— La dinde est un gros volatile et nous en avons une qui attend dans ton frigo, pupuce. Tu pensais que je parlais de toi ?

Il rigole à sa blague, puis se frotte les mains avec ardeur.

— J'ai trouvé une recette de farce, je te dis pas, ta mère va me brûler la plante des pieds pour me la soutirer.

Je tente d'avoir l'air impressionné.

— Mais si on buvait d'abord une coupette ? propose-t-il.

Il se baisse et sort victorieusement de son sac une bouteille de Veuve Clicquot.

— Tadam ! crie-t-il.

Je ne suis pas fana de champagne, encore moins après une cuite au vin rouge, mais je ne peux décemment pas assombrir un tel enthousiasme.

— Super ! m'exclamé-je. Je vais chercher des flûtes.

Je me réfugie dans la cuisine et referme la porte derrière moi. Je me sens si mal que j'en tremble. Comment vais-je faire pour affronter cette soirée en tête à tête avec mon fiancé, alors qu'hier à la même heure, je me pâmais dans les bras d'un autre ? Le ciel m'est témoin que je ne suis pas ce genre de fille. J'ai toujours été fidèle, avec Cyril comme avec mes précédentes relations. Bon, il faut avouer que je n'ai pas été une grande collectionneuse d'amants. J'ai couché avec cinq garçons dans ma vie, ce qui n'est pas énorme à vingt-neuf ans. D'aucuns pourraient penser de moi que je suis une fêtarde écervelée, mais c'est loin d'être le cas. Il est vrai que je suis capable de boire et danser jusqu'à l'aube et, avant de rencontrer Cyril, j'étais plutôt flattée de susciter le désir des hommes lors d'une soirée. Mais coucher pour une nuit, me laisser peloter par des types à moitié bourrés, juste avide d'une histoire sans lendemain, je ne l'ai jamais fait. Je suis une nana vieille France, en réalité, et je le revendique.

D'où la question qui ne cesse de me tarauder : comment mon corps a-t-il pu me trahir ainsi avec cet Axel de malheur ?

Je sursaute quand Cyril ouvre la porte.

— Elles arrivent, ces coupes ? J'ai soif !

Il tient à la main le champagne débouché. Sa mine radieuse me fendille le cœur et accentue ma culpabilité.

Je m'approche de lui et me presse contre son ventre légèrement rond.

— Embrasse-moi ! supplié-je.

Il m'enlace de son bras libre et s'exécute. Comme nous sommes de la même taille, nos lèvres se trouvent d'elles-mêmes. Sa langue cherche la mienne et ses doigts s'insèrent sous mon pantalon en soie noire. Il malaxe ma fesse, puis la tapote.

— Buvons, pupuce. Le câlin, ce sera pour après, quand nous aurons préparé le repas de demain et que nous aurons mangé.

Mon dentiste aime que les choses se fassent dans l'ordre, ce n'est pas une tête brûlée dans le domaine de l'amour. Même au tout début de notre relation, il ne m'a jamais sauté dessus comme un mort de faim. Il est pondéré et réfléchi, ne se lâche physiquement que dans un lit, jamais sur un tapis, ni sur une méridienne.

Ce soir, j'ai besoin d'autre chose.

— Si on faisait ça maintenant ? ronronné-je à son oreille.

Il ricane et cela me blesse.

— Elle est d'humeur coquine, ma chérie ?

Mon désir de chair s'éteint aussitôt. D'ailleurs, était-ce une envie réelle ou un moyen détourné de me racheter à mes propres yeux ?

Je me détache de lui et vais chercher deux flûtes sur une étagère. Cyril les remplit et nous trinquons.

— Joyeux réveillon, Clémentine.

Il m'appelle rarement par mon prénom. Je le trouve très sérieux soudain et l'intensité avec laquelle il me dévisage me met mal à l'aise.

— Demain, nous allons passer une magnifique journée de Noël, affirme-t-il.

Je hoche la tête pour ne pas le contrarier et vide mon verre cul sec. Les bulles font pleurer mes yeux et mon estomac effectue des sauts de rodéo pour manifester son désaccord.

Je retiens avec peine un hoquet disgracieux.

— En parlant de demain, continue Cyril, nous allons dans un premier temps préparer les petits feuilletés aux noix de Saint-Jacques. Nous les servirons à nos invités à l'apéritif. J'ai trouvé une recette, je te raconte pas…

Oh, dommage ! Cela m'aurait tellement passionnée…

Deux heures après, en bon commis, je finis de laver les plats que mon compagnon a salis. Tout en travaillant, nous avons terminé la bouteille de champagne et grignoté des toasts au foie gras sur pain d'épice. Des tournedos à la sauce aux morilles attendent d'être cuits pour notre repas de réveillon, ils seront accompagnés d'une purée de patates douces. Je n'ai déjà plus faim, mais je ne peux pas dire ça à mon chef coq qui adore autant manger que cuisiner.

Ma cheville recommence à gonfler, je le perçois dans ma botte. Il faut dire que je suis restée debout à seconder Cyril, sans oser m'asseoir.

J'essuie une poêle et me retourne quand je l'entends glousser.

Sur l'îlot central de ma cuisine trône la dinde qui sera consommée demain. La pauvre bête est nue, si on excepte les lamelles de lards fumés qui la bardent. Cyril est placé à l'arrière de la victime, le poignet enfoui dans son derrière.

— Elle va être farcie jusqu'aux dents, la grosse poulette ! s'esclaffe mon fin dentiste.

Il ressort sa main souillée de chair à saucisse, me la montre avec une grimace ravie de psychopathe.

La scène est immonde, mais je ne peux m'empêcher de rire.

— Quel pervers !

Cyril attrape une nouvelle poignée de sa mixture et replonge allégrement dans l'intimité de la volaille innocente.

Il s'éclate et cela m'attendrit. Je l'aime beaucoup, ce pétulant personnage. C'est un bon gars, comme dit papa.

Finalement, le champagne m'a détendue. Je finis même par penser que la journée du lendemain sera agréable. C'est Noël, après tout. Il faut que l'esprit soit à la fête.

Je nous sers un verre de bordeaux que Cyril a laissé décanter dans une carafe.

— Tu voudras tes cadeaux ce soir ? demandé-je.

Mon cuisinier secoue la tête.

— Non, les cadeaux, c'est demain ! Quand il y aura tout le monde.

Il suspend sa tâche pour m'adresser une œillade appuyée.

— Demain, répète-t-il avec un sourire mystérieux.

Je m'assois et surélève ma jambe droite sur un tabouret.

— Comme tu veux, fais-je avec docilité.

De ma part, Cyril recevra un pull Lacoste, de nouveaux gants de golf et son parfum préféré, Terre d'Hermès.

À son attitude et ses sous-entendus, je devine que lui me réserve un cadeau spécial, ce qui titille ma curiosité. Tant mieux. J'ai enfin une raison d'être impatiente de fêter Noël avec nos familles respectives.

# Chapitre 11

## *Clémentine*

Minuit et demi. Je rentre dans ma chambre après avoir fini de nettoyer la cuisine. Cyril est étendu dans mon lit. Il dort sur le dos, les bras écartés et la bouche entrouverte. Il ronfle affreusement fort, avec la régularité d'une locomotive à vapeur. Je vais me démaquiller, brosse mes dents et enfile ma nuisette en dentelle rouge, celle que j'ai obtenue à prix dérisoire dans la boutique de ma mère, en prévision des fêtes. Je reviens dans la chambre, espérant que Cyril se réveille et me regarde. J'aimerais qu'il me dise que je suis si jolie qu'il serait prêt à tout me pardonner pour me garder auprès de lui.

Espoir vain. Mon dentiste est HS, il ne risque pas de s'extasier sur ma lingerie, encore moins de me faire une déclaration sentimentale.

Je le pousse sans ménagement pour m'installer auprès de lui et m'enroule dans un bout de drap. Il prend toute la place, comme d'habitude quand on passe une nuit ensemble. Jusqu'ici, je ne me suis jamais plainte vu que je suis bien élevée, mais, ce soir, ce comportement de baleine égoïste me contrarie.

J'éteins la lumière et essaie de m'endormir, en vain. Comment peut-on s'assoupir avec un bruit de tracteur dans les oreilles ? Si on est issu de la campagne, peut-être ?

Je tente le coup de coude vicieux dans le flanc, qui donne généralement d'assez bons résultats. Hélas, Cyril a trop bu et mangé, il ne réagit pas plus qu'une pierre tombale.

J'envisage de m'exiler sur la méridienne du salon pour terminer la nuit quand le dormeur se met à tousser. Extirpé de son sommeil, il s'assoit en râlant pour reprendre son souffle.

Il tâte le matelas d'une main et finit par me trouver, toute recroquevillée sur le bord droit.

— Tu es là, pupuce ?

Drôle de question. C'est quand même mon lit, au départ.

— Ouais, fais-je sans grande amabilité.

Il passe ses doigts sur mon épaule, suit la courbe qui descend jusqu'à ma taille. Je frissonne, mais surtout de froid. C'est lui qui a la couette.

Il se penche vers moi et pose de petits baisers mouillés sur ma joue.

— Elle est toujours motivée pour faire un câlin ?

J'hésite à répondre. Ai-je envie de faire l'amour, là, maintenant ? Il faudrait que je réfléchisse.

Mon silence ne le décourage pas. Il passe sa main entre mes jambes et découvre avec un gloussement d'approbation le string minimaliste que je porte, assorti à ma nuisette rouge. Dans le noir, mon ensemble de Noël sexy n'a plus aucun rôle, ce qui me chagrine un peu.

Le souffle de mon compagnon s'accélère et cette réaction animale a l'heur de motiver ma libido. Je me tourne vers lui et entoure son cou de mes bras.

Nous nous embrassons, mélangeons nos langues et ce moment de communion devrait être parfait. Pourtant, sans que je n'y puisse rien, mon esprit s'envole ailleurs. Je pense à Axel, à ses baisers qui ont mis mon corps en émoi, au désir inouï que ses caresses ont fait naître au creux de mon ventre.

Honte sur moi. Je détourne la tête parce que la langue épaisse de Cyril, soudain, me dégoûte un peu. Bon sang… qu'est-ce qui m'arrive ? Pourquoi Axel est-il venu casser le cours bien établi de mon existence ? Jusqu'ici, j'étais une fille sans souci, paisible et enjouée. Depuis quelques jours, je ne suis plus la même, les rouages de mon organisme ne tournent plus rond. Cette constatation me terrifie. Ce qui s'est passé hier soir avec l'orthopédiste n'aurait jamais dû arriver. Se pourrait-il que je sois devenue dingue, que je cherche à bousiller les fondations de ma petite vie tranquille ?

Les lèvres de Cyril veulent descendre vers mon sexe, mais je l'en empêche en retenant sa tête de deux mains fermes. Ce soir, je ne peux pas le laisser me faire des choses aussi intimes, impossible. L'idée que ce puisse être Axel qui se trouve à sa place entre mes jambes vient parasiter mes pensées et accentue mon malaise. Heureusement qu'il fait noir, car je sais que je rougis de gêne en réaction à ce scénario inconvenant. Je pousse un gémissement de désespoir que Cyril interprète à tort comme un signe d'excitation et d'impatience. Je sens son sexe épais contre ma cuisse, prêt à effectuer l'assaut final.

J'ai envie de pleurer et je me déteste d'être là à subir une étreinte que je ne désire pas. Par réflexe cependant, j'écarte les jambes et offre mon corps à mon partenaire. Il geint en s'enfonçant au plus profond de moi, puis exécute des mouvements de va-et-vient assez toniques.

— Tu aimes ? chuchote-t-il à mon oreille.

Aimer ? Pas vraiment. Pour dire la vérité, je n'ai jamais eu d'orgasme avec un homme ni avec une femme, d'ailleurs. Je ne connais pas cet emballement des sens décrit dans les livres, cette magie qui entraîne l'esprit et le corps dans un état de béatitude indicible. Personne n'est au courant de ma frigidité. Je considère que je suis porteuse d'une anomalie qui doit rester secrète. Comme un daltonien ne peut voir certaines couleurs, je suis inapte à atteindre le septième ciel avec quelqu'un. En résumé, je simule l'apogée du plaisir quand je fais l'amour avec un partenaire, et ceci depuis toujours.

— Dis-moi que tu adores ça, quand je te prends, insiste Cyril dans mon cou.

— Oui, c'est bon..., affirmé-je en adoptant le ton de Clara Morgane dans certains de ses films.

Des larmes coulent le long de mes tempes tandis que les coups de boutoir de mon fiancé font cogner le haut de mon crâne contre le ciel de lit. Heureusement que j'ai beaucoup de cheveux pour amortir les chocs.

Cyril achève rapidement sa besogne et se retire.

— Joyeux Noël ! ahane-t-il avant de s'étendre sur le dos.

Je ne peux m'empêcher de pouffer nerveusement à ses mots, surtout parce que je suis soulagée que l'affaire soit finie. J'ai été honorée par mon fiancé, il est content et, moi, j'ai la conscience un peu apaisée à l'idée de lui avoir apporté du bonheur.

Je me lève pour aller me rafraîchir. Dans le miroir de la salle de bains, je croise mon regard sans éclat et ma chevelure hirsute. On dirait le retour de la femme des cavernes, pas de quoi exciter les foules. Franchement, j'ai de la chance que Cyril me trouve à son goût.

Cela dit, hier, mes atouts physiques n'ont pas laissé Axel indifférent. À moins qu'il ne se comporte ainsi avec toutes ses patientes ? C'est peut-être un type névrosé qui séduit les femmes en état de faiblesse afin de les dominer ? Ou simplement un obsédé sexuel ? Misère... Pourquoi avais-je une telle envie de faire l'amour avec cet inconnu, moi qui suis incapable de m'épanouir lors des rapports charnels avec les hommes ?

Stop. Stop avec Axel. La page est tournée.

J'asperge mon visage d'eau froide dans l'espoir de me remettre les idées en place. Quand je regagne la chambre, Cyril joue à nouveau l'étoile de mer dans mon lit. La locomotive a atteint sa vitesse de pointe.

J'attrape ma polaire de la Reine des neiges dans l'armoire et me retranche dans le salon. Dormir deux nuits de suite sur un divan n'est pas dans mes habitudes, mais, en cette fin d'année, il semblerait que je fasse des choses qui changent de l'ordinaire.

Pas sûr que ce soit de bon augure quant à l'avenir que le destin me réserve.

# Chapitre 12

## *Clémentine*

D'agréables effluves viennent chatouiller mes narines, odeur de café et celle du beurre en train de cuire. Je soulève les paupières et reprends mes esprits en bâillant. Ankylosée par cette nuit passée sur la méridienne, je m'étire longuement pour déverrouiller mes articulations.

J'entends Cyril s'affairer dans la cuisine et mes yeux se posent sur les cadeaux déposés sous le sapin.

Nous sommes le vingt-cinq décembre. C'est Noël.

Je me lève et vais remonter le volet roulant de la baie vitrée, qui donne sur la terrasse. Le ciel est bleu et le soleil brille. Il n'y aura pas de neige pour les enfants en ce jour de fête, du moins pas de ce côté du sud de la France.

Je rejoins mon fiancé en boitillant, à cause de ma jambe droite engourdie.

— Salut ! dit-il en disposant des pancakes parfaitement dorés sur une assiette. Bien dormi ?

Il porte mon tablier de cuisine à fleurs, par-dessus son caleçon et son tee-shirt. Cette vision me fait sourire, tout comme le petit déjeuner réjouissant qui m'attend. Cela me change des corn-flakes diététiques que je mâche sans plaisir chaque matin pour me donner l'impression de prendre soin de mes intestins.

— Je suppose que j'ai ronflé ? reprend Cyril en gloussant.

— Oui, à menacer les fondations de l'immeuble, confirmé-je en lui envoyant une bourrade affectueuse sur l'épaule.

Je m'installe sur une chaise et consulte l'heure. Huit heures dix. C'est bon, j'ai largement le temps de préparer la table pour le repas de midi.

Cyril programme le four pour la cuisson de la dinde et se met à chanter, aussi fort que faux. Je crois reconnaître un passage de *Can't help falling in love*, dans la version d'Andréa Bocelli. Son entrain est communicatif.

— On déjeune et, après, j'ouvrirai les huîtres, marmonne-t-il pour lui-même. Je les ferai gratiner au dernier moment.

Il s'assoit face à moi et hoche la tête avec approbation en me voyant manger avec appétit.

— Merci, c'est excellent, fais-je, la bouche pleine. Cela me rappelle les petits déjeuners québécois chez ma copine Jenny.

Le mois passé à Percé deux ans plus tôt reste l'un de mes meilleurs souvenirs de voyage. Pour un peu, si l'idée de me geler l'hiver ne m'avait pas freinée, j'aurais pu aller exercer mon métier d'institutrice là-bas. Mon amie d'enfance qui est représentante en accessoires de bureautique a fait ce choix et s'en trouve très heureuse, surtout depuis qu'elle a épousé un « chum » qu'elle adore. Je repense à l'accent et au parler pittoresque de ce dernier, originaire de Montréal. Au bout d'un an de vie commune, Jenny utilisait déjà les formulations imagées de son mari et je m'amusais à faire de même.

— J'espère qu'on ne va pas trop *se paqueter la fraise* à midi ! lâché-je en arrosant ma crêpe de sirop d'érable.

Cyril fronce les sourcils et me lance un regard interrogateur.

— C'est une expression québécoise, dis-je. Cela signifie : trop boire et s'enivrer.

Mon compagnon hausse les épaules avec indifférence. Il n'aime pas quand je parle des pays que j'ai visités sans lui.

Je sucre mon thé tout en cherchant un autre sujet de conversation.

— J'ai acheté de jolis marque-places, un centre de table rose et doré et des paillettes.

Cyril se gratte les poils du menton.

— Essaie de ne pas faire un décor trop naïf qui donnerait l'impression de rentrer dans ta classe de CP, dit-il. Ma mère aime la sobriété, tu le sais.

Cette remarque dénuée de tact me peine, mais je parviens à sourire.

— Évidemment. Je ne comptais pas dessiner des bonshommes à quatre doigts sur la nappe, rassure-toi.

Nouveau regard d'incompréhension de la part de Cyril, comme si mon humour lui était inaccessible aujourd'hui. Décidément, il tient à ce que ce repas de fête soit une réussite. Je n'ai pas intérêt à faire de faux pas.

Il vide bruyamment sa tasse de café et quitte sa chaise.

— Allez, on ne traîne pas ! Va te doucher et te faire belle, et ensuite, prépare-nous une jolie table…

J'avale une dernière bouchée de pancake.

— Tu n'as pas besoin d'aide pour le repas ?

Cyril secoue négativement la tête.

— J'ai fait le principal hier. Tu t'occuperas de laver les plats quand j'aurai terminé les ramequins de gratin dauphinois à la truffe.

Je me lève à mon tour.

— Alors, je file me pomponner. Tu veux que je mette une robe ou un pantalon ?

Mon fiancé indique ma chevelure du doigt.

— Tu te feras un chignon, je te préfère les cheveux attachés. Pour le reste, une robe serait mieux, mais avec ta botte affreuse… bof, bof. D'un autre côté, un pantalon est moins féminin.

J'approuve en silence, même si j'estime qu'on est très loin du dilemme cornélien.

Cyril m'observe en réfléchissant, comme si ma tenue du jour était susceptible d'influer le cours de la Bourse.

— Non. Si on fait des photos en prenant l'apéritif sur le canapé, cela ne va pas le faire. Mets un pantalon large en bas et une chemise moulante, tes nichons paraîtront plus gros.

Il rigole.

— Pas trop quand même, le décolleté… Mon père est cardiaque !

Je ne goûte pas son humour, car il vient de m'asticoter sur un point sensible.

— Tu trouves ma poitrine trop plate ? demandé-je avec inquiétude.

Cyril s'approche et pince gentiment un de mes tétons, par-dessus ma nuisette.

— Nan, ça passe, mais pourquoi ne pas envisager de te mettre des implants, un de ces jours ?

Je repousse son bras.

— En fait, tu rêverais que j'aie les mêmes seins que Solène ? grincé-je.

Il prend un air interloqué et fuit mon regard, ce qui renforce ma contrariété. Puis il se reprend et m'enlace.

— Je plaisantais. Sinon, j'adore ta tenue rouge en dentelle, elle est très excitante. On dirait la mère Noël, version film X.

Cette fois, la colère me fait monter les larmes aux yeux et je me dégage violemment de son étreinte pour lui tourner le dos. J'empile les bols du petit déjeuner avec des gestes brusques.

— Tu as décidé d'être méchant, ce matin ?

Il pose une main repentante sur mon épaule.

— Pardon…

Il m'attire à lui et embrasse mon front.

— Interdit de bouder aujourd'hui !

Je soupire. Il a raison, ce n'est pas le moment de se disputer. D'ailleurs, j'ai horreur des conflits.

— D'accord, mais tu arrêtes de me faire des réflexions énervantes.

— Promis ! fait-il en repartant en direction des fourneaux.

Son caleçon lui rentre dans la raie des fesses. Avec ses cuisses poilues et son tablier à fleurs, il ferait fureur en photo sur les réseaux sociaux avec le libellé : Docteur Portal Cyril, chirurgien-dentiste, à votre service.

Cette image cocasse me remonte le moral, quand bien même je n'oserais pas dégainer mon téléphone pour prendre ledit cliché compromettant.

— Je vais me doucher, annoncé-je.

Le cuistot en chef ne me répond pas, concentré sur les tâches qui l'attendent. Il farfouille dans mes tiroirs pour trouver le couteau à huîtres, tout en poussant à nouveau de la voix, s'obstinant à vouloir imiter un ténor d'opéra.

Avec un tel merle chanteur, on aura de la chance si le temps reste au beau.

# Chapitre 13

## *Clémentine*

À midi pile, la famille Portal sonne à l'interphone. Je suis prête, ma table de fête dressée et décorée avec soin, et la dinde finit de dorer dans le four en dégageant une odeur alléchante.

Cyril me suit dans le couloir qui mène à l'entrée. Il a troqué sa pittoresque tenue de cuisinier contre un jean chocolat et un pull vert bouteille Ralph Lauren, avec une chemine blanche dessous. Parfumé, bien coiffé et rasé de près, il est impeccable, comme toujours lorsqu'il évolue en société.

Pour ma part, je porte un pantalon pattes d'eph anthracite taille haute et un top couleur gingembre cache-cœur avec manches à volants.

De façon à compenser la semelle de ma botte de contention, mon pied gauche est chaussé d'une ballerine noire à petit talon. Pour contenter mon fiancé, j'ai relevé mes cheveux en un chignon bas et égayé mon visage avec des boucles d'oreilles en argent et ambre et le collier assorti. Il m'a offert cette parure lors d'une escapade à Saint-Tropez l'été dernier.

Il entoure ma taille d'un bras possessif tandis que j'ouvre la porte.

— Bonjour… et joyeux Noël ! lance Yvon en me tendant un bouquet de lys blancs.

Il m'embrasse et serre la main à son fils. Les Portal ne sont pas très « bisous » entre hommes.

Je croise le regard froid d'Irène, qui me toise d'un œil critique. Son inspection doit être satisfaisante puisqu'elle daigne me sourire. Elle dépose un baiser léger sur ma joue, sans me laisser lui rendre la pareille. En revanche, elle serre son fils dans ses bras.

— Tu es beau, mon garçon. Comment vas-tu ?

Il est évident que mon état de santé lui importe peu, alors qu'elle sait pourtant que je suis blessée à la cheville, vu que je ne les accompagnerai pas demain à Courchevel.

Une voix agacée s'élève.

— Et moi, alors, je reste sur le palier ?

Entrée en scène de la benjamine de la famille : j'ai nommé Bérangère. Cyril et moi ne l'avons pas vue depuis six mois, avant son départ pour l'Australie.

Bérangère ressemble de façon frappante à Paris Hilton et cultive ce hasard génomique en copiant les différents looks vestimentaires de la starlette. Elle se permet même de signer des autographes en son nom en pleine rue, quand les gens pensent avoir affaire à l'héritière du fondateur de la chaîne hôtelière.

Aujourd'hui, la jeune fille porte une robe noire bustier assez courte, avec une veste argentée cintrée. Ses collants sont noirs également, comme ses escarpins vertigineux à talons compensés. Fidèle à son modèle, elle arbore de grosses lunettes de soleil rondes et ses cheveux blonds, très longs, sont coiffés en une queue-de-cheval parfaitement lissée.

— Contente de te revoir ! lui dis-je en me penchant vers elle dans le but de lui faire une bise.

Elle m'ignore et se jette dans les bras de son frère qui la soulève et la fait tourner.

— Salut, ma princesse ! Tu m'as manqué. Et moi, je t'ai manqué ?

— Non, pas vraiment, rétorque la garce en riant.

J'invite Irène et Yvon à se diriger vers le coin salon et les libère de leurs manteaux.

— Très sympa, cette décoration de Noël, apprécie Yvon en étudiant mon dressage de table.

Je le remercie, sincèrement touchée par son compliment. Irène se contente de hocher la tête, sans un mot. Elle m'énerve déjà.

Frère et sœur ont fini leurs embrassades et nous rejoignent.

— J'espère que tu m'as fait un beau cadeau ! lance Bérangère en pinçant la hanche de son aîné.

Elle remonte ses lunettes sur son front et le détaille avec un air critique.

— Dis donc, tu as grossi depuis six mois. Faudrait pas devenir un Léonardo Dicaprio avant l'âge… Hein, mon pépère ?

Bérangère est comme ça. Elle fait souvent référence à des célébrités quand elle parle et ses jugements moraux se calquent sur tous les potins qu'elle peut lire dans la presse people. À l'entendre, on croirait qu'elle passe son temps avec la jet-set et qu'elle fait partie du clan. Elle aussi m'agace déjà. Ça promet.

Mon interphone tinte à nouveau. Youpi, la famille Ohayon arrive à ma rescousse.

Si Bérangère imite M^lle^ Hilton, je tente pour ma part de ressembler à ma maman. Bien plus typée que moi physiquement, puisque grand-ma

Jocelyne était réunionnaise d'origine « cafre », soit de descendance africaine, ma mère parvient à associer élégance et originalité avec une aisance que j'admire. Elle est assez petite et toute fine, mais son visage rond lui donne un air de poupée. Depuis peu, elle a les cheveux courts et cela lui va bien, même si papa la préférait coiffée au carré. En ce jour de fête, elle est vêtue d'une robe portefeuille en soie rouge carmin qu'égayent de grosses créoles en strass et or. Pour paraître plus grande, elle a mis ses Louboutin à talons hauts, sur lesquels l'œil exercé de Bérangère se fixe aussitôt.

— Sonya, j'adore vos chaussures ! s'exclame-t-elle.

Je parierais que c'est à cause de ces souliers coûteux que cette pimbêche se laisse embrasser de bonne grâce par mes parents, poussant la civilité jusqu'à adresser un sourire mutin à mon père. Il faut dire que mon papa est charmant avec son costume bleu nuit et sa chemise crème. Malgré ses cinquante-huit ans, il a fière allure. Je suis sûre que bon nombre de femmes doivent le trouver craquant, ma mère la première, à voir la manière jalouse dont elle le couve des yeux dès que nous sommes en société.

Reste Clovis, qui a fait l'effort de mettre un jean pas trop troué et un sweat noir qui semble propre. Maman a dû lui faire la leçon.

Voilà donc la troupe au complet. Cyril propose d'ouvrir le champagne sans plus attendre.

Maman va déposer ses cadeaux sous le sapin avant de s'asseoir avec nous. Je prends une chaise pour laisser de la place sur le canapé et enjoins à Clovis de faire de même, mais il préfère aller chercher le tabouret dans mon bureau. Un vrai rebelle, le gars.

Bérangère et Irène occupent la méridienne avec mes parents. Yvon s'installe sur l'un des deux fauteuils, l'autre étant de façon tacite destiné à Cyril.

Maman s'enquiert de l'état de ma cheville. Je vois bien que ma réponse n'intéresse que papa et elle, alors je fais court. Mon père et Cyril débouchent une bouteille de champagne chacun. Les coupes qui attendaient sur la table basse du salon sont remplies et mon compagnon va chercher les feuilletés aux noix de Saint-Jacques qu'il a fait légèrement réchauffer.

Nous trinquons et goûtons à ce premier mets.

— Délicieux ! s'extasie maman en se tournant vers le cuisinier. Il y a un soupçon de curry de Madras là-dedans, n'est-ce pas ?

— Gagné ! glousse Cyril avec la fierté d'un chef étoilé. J'étais certain que cette note subtile n'allait pas vous échapper.

Misère, c'est parti. Ils vont commencer à parler popote.

Je me tourne vers Clovis. Il a les bras croisés et dégage autant de vivacité qu'une moule accrochée à un rocher.

Je tape sur sa cuisse pour l'extirper de sa léthargie.

— Tu vas bien, frangin ?

— Ouaip. Je pars faire le réveillon aux Orres, avec un pote et ses vieux. Je trace demain, j'ai trop hâte... Ici, c'est mort, ouallah !

Je décide de ne pas le reprendre sur sa désastreuse façon de parler. C'est Noël et, après tout, je ne suis pas sa mère.

— C'est chouette, tu vas t'éclater.

Il avale une gorgée de champagne et grimace.

— C'est dégueu, ce truc, je comprends pas comment on peut boire cette merde... T'aurais pas de l'Ice Tea ?

Il n'est pas malin de faire cette réflexion à voix haute, vu que ce sont les parents de Cyril qui ont amené les deux bouteilles de Krug. Gênée, je constate qu'Irène pince les lèvres de mécontentement.

Je fusille des yeux le malotru.

— Tu te lèves et cherches la cuisine. Dans la cuisine, tu cherches le frigo, dans lequel tu trouveras des boissons de gamin.

Il maugrée et part en traînant des pieds, son iPhone à la main. À mon avis, il n'est pas près de revenir parmi nous.

Mon attention se pose sur Bérangère. Pour espérer entamer une discussion avec elle, il faut que cette dernière porte sur son sujet préféré : sa vie.

— Ton voyage en Australie, alors, c'était bien ?

Elle hoche la tête.

— Oui, j'ai fait de belles rencontres. Mais maintenant, je voudrais aller à New York.

Elle plisse le nez.

— Ou bien je monte vivre un an à Paris. J'hésite encore.

Je n'ose pas lui demander si elle compte reprendre un jour ses études de marketing et communication, interrompues l'année dernière.

— J'ai pas mal d'amies dans la capitale, enchaîne-t-elle. Il y en a une qui habite pas loin de chez Cyril Hanouna, dans le seizième. Tu sais qu'il est séparé de la mère de ses enfants ?

— Non, je n'étais pas au courant.

Le visage de la jeune fille s'éclaire.

— Tu imagines le truc si j'arrivais à me faire engager dans son équipe, pour TPMP (Touche pas à mon poste !) ?

Je hausse les sourcils. Je regarde de temps à autre l'émission, qui est parfois intéressante.

— Tu serais employée en tant que quoi ?

La question qu'il ne fallait pas poser. Bérangère me dévisage comme si je venais de vomir dans les feuilletés.

Irène intervient.

— Bérangère parle couramment l'anglais et l'allemand, me signale-t-elle. Et elle est très au fait de toute l'actualité, elle pourrait très bien faire chroniqueuse de télévision, comme la petite Agathe Auproux.

— Ah oui, la journaliste, dis-je. Elle n'est pas bête, celle-là. Ses prises de position lors de certains débats sont plutôt intelligentes.

Mère et fille me fixent avec l'amabilité de deux crotales. Il est temps d'énoncer une phrase flatteuse à l'égard de notre future star ici présente.

— Je te verrais bien dans ce rôle, en effet ! Tu serais à l'aise devant une caméra, c'est certain.

— Je crois aussi, répond Bérangère, étrangère à toute forme de modestie.

J'interpelle Cyril, qui est en train de détailler la recette des bouchées de Saint-Jacques à maman.

— Je vais chercher les toasts au saumon ?

Il s'arrête de parler et semble réfléchir. Puis il me fait « non » de la tête et quitte le fauteuil d'un bond.

— Clovis… viens ici ! hurle-t-il en direction de la cuisine.

Mon frère n'a pas l'habitude qu'on lui crie après. Il arrive aussitôt, un verre d'Ice Tea à la main et son iPhone dans l'autre.

Un nœud d'appréhension se forme dans ma gorge. Sans savoir pourquoi, je pense à Axel Teissier. Je regarde mes invités installés sur la méridienne, songe à mon corps et celui du médecin allongés sur ce même canapé, avant-hier soir. Au plus profond de moi, quelque chose se brise.

— Écoutez-moi tous, je vous prie ! intime Cyril.

Un silence religieux lui fait écho.

— Clémentine, pourrais-tu te lever ?

Je m'exécute docilement. Il sort de sa poche de pantalon un petit écrin noir, s'approche de moi et soulève le couvercle. À l'intérieur se trouve une bague moderne en or, sertie d'un diamant rond qui me paraît énorme.

— Clémentine, je veux t'épouser. Et toi, le veux-tu ?

Tous les yeux se posent sur moi.

Je ne m'attendais pas à une demande en mariage publique le jour de Noël, même si, en y réfléchissant, je ne devrais pas être surprise. Les sous-entendus de Cyril la veille et l'importance qu'il attachait à la réussite de ce repas familial auraient dû me mettre la puce à l'oreille.

— Alors, s'impatiente-t-il. Veux-tu m'épouser ?

Je note la mine réjouie de mes parents et les sourires complices qu'ils échangent avec Yvon et Irène. Cyril avait dû leur parler de cette bague et ils se doutaient qu'il me l'offrirait aujourd'hui. Je croise le regard de Bérangère. Pour une fois, la voici intéressée par une conversation qui ne la concerne pas. Même Clovis m'observe avec curiosité.

Je dévisage longuement Cyril. Cet homme est le futur associé de mon père et adore discuter cuisine avec maman qui l'apprécie beaucoup. Mais surtout, cet homme couche avec moi depuis plus d'un an et cela fait plusieurs mois que je le considère comme mon fiancé.

Mon mutisme prolongé fait naître l'inquiétude dans le rang des spectateurs, à en croire les raclements de gorge d'Irène et le gloussement nerveux de ma mère.

— Clémentine, tu as perdu ta langue ? me presse Cyril.

Je fixe la bague. Elle est très tape-à-l'œil, à l'opposé de celle que j'aurais choisie. Cette constatation me donne une puérile envie de pleurer.

— Je veux bien t'épouser, dis-je d'une voix tremblante.

Cyril hoche la tête avec satisfaction. Il attrape la bague et me la passe à l'annulaire. Elle est un peu juste, il doit forcer pour la glisser le long de ma phalange.

Maman quitte le divan pour admirer le bijou.

— Félicitations, ma chérie !

Elle m'embrasse, puis mon père vient m'enlacer et serre avec vigueur la main de Cyril. J'entends Irène dire que Cyril et elle avaient au préalable envisagé de célébrer le mariage cet été, mais, après réflexion, ils craignent que cela ne laisse pas assez de temps pour préparer la cérémonie. Ils proposent plutôt d'arrêter une date début octobre. Constater qu'ils ont élaboré leurs plans sans s'inquiéter de mon avis devrait m'exaspérer, mais je me contente de sourire niaisement, encore sous le coup de l'émotion.

Bérangère s'approche pour évaluer la taille du diamant.

— Pas mal...

Elle me tapote l'épaule.

— Épouser un dentiste pour une instit, c'est le jackpot !

Cyril éclate de rire à ces mots. Pour ma part, je giflerais volontiers cette idiote.

— Trinquons ! ordonne joyeusement papa en remplissant à nouveau les coupes.

Nous échangeons des « tchin-tchin » en nous regardant dans les yeux (sinon cela porte malheur, dixit Bérangère).

— Je meurs de faim ! s'exclame Cyril. Vous allez voir, on va se régaler...

Personnellement, j'ai l'appétit coupé. La perspective de devenir M$^{me}$ Portal en cours d'année me paraît irréelle, comme si cette destinée concernait une autre que moi.

Cyril croit connaître une Clémentine dynamique, rieuse, conciliante et honnête.

Jusqu'à avant-hier soir, j'étais cette fille-là.

Aujourd'hui, je ne suis plus sûre d'être la même.

Et cette idée me terrifie.

# Chapitre 14

## *Axel*

Comme prévu, je me réveille le vingt-cinq décembre avec un mal de crâne important. Il est neuf heures, j'ai juste le temps de me doucher et de déjeuner avant d'aller souhaiter un joyeux Noël à tante Angèle.

Lisa et sa mère sont dans la cuisine et jacassent comme des pies. Quand j'apparais, elles se taisent et m'observent avec le même air malicieux. Je les salue et me fais couler un expresso serré.

— Bien dormi, chéri ? demande Lisa. Pas trop bobo à la têtête ?

J'attrape un croissant et dépose un baiser sur son front.

— J'ai dormi comme un loir… et ma têtête survivra, rassure-toi.

Lydie rit gaiement.

— Claude a tellement ronflé que j'ai été obligée de le secouer toutes les cinq minutes. Pour information, vous avez fini la bouteille de rhum jusqu'à la dernière goutte… il devait être bon.

Je grimace d'un air piteux.

— Votre mari dort toujours ? interrogé-je en m'assoyant à la table au côté de Lisa.

— Non, il est allé marcher. Il ne peut pas tenir en place, répond Lydie. C'est lui qui est allé à la boulangerie ce matin puis il est reparti vadrouiller dans le quartier.

Elle me regarde manger avec tant d'intérêt que je me sens gêné et savoure difficilement ma viennoiserie.

Lisa se lève et va jeter le reste de son café au lait dans l'évier.

— Je suis écœurée, dit-elle en bâillant.

— Nous devons pourtant préparer le repas de ce midi ! rétorque Lydie. Ton père compte bien fêter Noël en se gavant et buvant exagérément, comme à son habitude.

Elle se moque de son mari avec une affection qui m'agace un peu, comme si l'amour évident qu'elle lui porte heurtait ma pudeur. J'imagine que la migraine me rend irritable.

— Il ne doit pas manger tant que ça, vu sa corpulence, fais-je pour dire quelque chose.

— C'est un nerveux, me répond Lydie sur le ton de la confidence. Ce qu'il ingurgite sert de carburant à ses nombreuses activités, surtout quand nous sommes à la maison.

Elle me tapote le dessus de la main.

— Vous verrez quand vous viendrez chez nous, il y a mille choses à faire pour s'occuper, près de l'océan.

Je hoche la tête poliment, même si j'ignore à quel moment je serai libre d'aller passer des vacances en Bretagne.

Je quitte ma chaise en finissant de boire mon café.

— Je vais embrasser Angèle, annoncé-je à Lisa.

Elle me regarde avec gentillesse.

— Tu es sûr de ne pas vouloir la ramener ici pour midi ?

— Non, tu sais qu'elle est vite déstabilisée quand on la sort de son environnement.

— Dommage, regrette Lisa, cela nous aurait fait plaisir de l'accueillir. Tu lui souhaiteras un joyeux Noël de ma part ?

J'acquiesce et quitte la cuisine.

— N'oublie pas la bûche que nous avons commandée chez le pâtissier ! me rappelle ma compagne.

— T'inquiète, j'y penserai, assuré-je en attrapant mon manteau sur la patère.

— Je ne m'inquiète pas pour ça, rétorque Lisa dans mon dos.

Je me retourne, intrigué. Lisa est plantée dans le couloir et me fixe avec une expression bizarre, un mélange de gravité et d'excitation.

— Je dois te dire quelque chose, tu t'en souviens ?

Je hoche la tête, réprimant un soupir. La migraine pulse douloureusement à mes tempes, il faut que je sorte au plus vite à l'air libre afin d'oxygéner mes neurones.

— On parlera cet après-midi ? fais-je en me forçant à sourire.

— Oui, bien sûr, répond Lisa. Il n'y a pas d'urgence, rassure-toi.

— Tant mieux. C'est Noël, je suis en congé, je n'ai vraiment pas envie d'aborder des sujets qui fâchent.

Le visage de Lisa s'assombrit et je regrette aussitôt mes paroles.

— Mais je veux bien discuter avec toi quand même, évidemment, dis-je en faisant un pas vers elle pour caresser sa joue. Tout va bien ?

Elle attrape mon poignet et embrasse ma paume.

— Oui, oui. Va voir ta tante.

— OK. À tout à l'heure.

— À très vite, loukoum. Je t'aime.

Il va vraiment falloir qu'elle cesse de me donner ce surnom ridicule. Je le supporte de moins en moins.

J'entre dans le hall de la résidence Seniors. Manuelle, la directrice de l'établissement, contourne aussitôt son comptoir pour m'accueillir. C'est une jeune femme charmante, bien que très corpulente. Je suppose que ma personne ne lui déplaît pas, à en croire les sourires aguicheurs qu'elle m'adresse à chacune de mes visites et sa complaisance marquée vis-à-vis de ma tante.

— Joyeux Noël, Axel ! Vous restez déjeuner avec nous ? Vous n'êtes pas prévu, mais je peux vous rajouter à la liste sans souci. Vous voulez un bonnet ?

Elle-même porte une coiffe de lutin rouge avec un pompon blanc.

— Non, je suis attendu ailleurs pour manger. Quant au bonnet, je crois qu'il ne s'accorderait pas à mon teint. Gardez le vôtre, en revanche, il vous va très bien ! dis-je en me laissant embrasser sur les deux joues.

— Dommage, le cuisinier propose un excellent repas de Noël. Sinon, votre tata est descendue déjeuner, puis a regagné sa chambre il y a une demi-heure. Elle est plutôt en forme, enfin elle l'était au moment où je lui ai parlé en tout cas.

Elle me lance un regard entendu, auquel je réponds par un sourire reconnaissant. Nous savons tous les deux qu'Angèle devra bientôt être mutée dans un EHPAD.

— Je monte. Joyeux Noël à vous !

Je croise Bertille dans le couloir, une sympathique résidente qui n'est pas loin des quatre-vingt-dix ans. Elle est maquillée et vêtue avec soin et, malgré son déambulateur, garde l'œil vif autant que l'esprit.

— Salut, beau gosse, glousse-t-elle. Le gros bonhomme en rouge est passé pour toi cette nuit ?

Je ris avec elle.

— Oui, j'ai été gâté.

— C'est parce que tu as été sage, rétorque la malicieuse grand-mère.

Je ne réponds pas. Ai-je été sage ces derniers jours ? Je n'oserais l'affirmer sans crainte de mentir.

— Angèle était bien ce matin, déclare Bertille. J'ai pris le petit déjeuner avec elle et on a pu discuter.

Je la remercie pour l'information et vais frapper à la porte de l'appartement.

— Entrez !

Tante Angèle est assise dans son fauteuil près de la baie vitrée, une revue sur les genoux. Avec ses lunettes sur le nez et son tailleur beige que je ne lui avais pas vu porter depuis longtemps, elle me rappelle celle qu'elle était dix ans plus tôt, une femme pleine de vie, qui dégageait autorité et bienveillance.

C'est elle qui m'a élevé, lorsque j'ai perdu père et mère. Elle travaillait pour une association et avait choisi de ne jamais avoir d'enfant, mais, pour moi, elle avait renoncé à ses voyages aux quatre coins du monde. Elle était devenue « maman », parce que mes grands-parents étaient incapables de me gérer, vu qu'ils habitaient au fin fond de l'Ardèche. L'assistante sociale baroudeuse et hyperactive s'était rangée et avait mis une croix sur son indépendance pour consacrer sa vie à son neveu, orphelin traumatisé qui ne savait plus sourire. À force d'amour, elle avait réussi à ranimer mon goût de vivre.

Sans elle, je ne serais pas l'homme que je suis. Je lui dois tout.

Alors son Alzheimer, je le hais.

Le visage de tante Angèle s'éclaire en me voyant. Elle quitte son fauteuil et vient m'enlacer.

— Chéri, c'est tellement gentil de passer !

Je serre son corps frêle dans mes bras.

— Tu es bien jolie aujourd'hui !

En l'écartant un peu de moi pour l'observer, je constate que sa jupe bâille sur ses crêtes iliaques décharnées.

— Mais tu as encore maigri, Angie ! Il faut manger !

Elle ébauche un geste insouciant de la main et se tourne vers la fenêtre.

— Tu as vu comme il fait beau ?

Elle me lance un regard soupçonneux.

— Tu sais que c'est Noël, au moins ?

Je tire du sac que je tenais un paquet joliment enrubanné par une vendeuse de la FNAC.

— Tu me prends pour qui, tata… pour un type qui aurait Alzheimer ?

C'est un jeu entre nous, enfin, ça l'était au début de la maladie. Maintenant, je crois bien que je joue tout seul, refusant d'admettre que ma partenaire a quitté la partie depuis un moment.

— Joyeux Noël ! dis-je gaiement en lui tendant le présent.

Elle écarquille les yeux et cache sa bouche derrière ses doigts en gloussant. Avant, elle n'aurait jamais fait la gamine de cette façon, même pour plaisanter. Tante Angèle était une femme de tête qui impressionnait les gens par son assurance et son charisme. Elle avait beaucoup d'humour, mais ne se donnait jamais en spectacle.

— Un cadeau pour moi ?

Elle cesse brusquement de rire et fronce les sourcils.

— Mais en quelle occasion ? bougonne-t-elle. Je n'aime pas que tu dépenses ton argent sans raison.

Je retiens un soupir.

— Je t'ai fait un cadeau parce que c'est Noël, tu viens de le dire.

Elle pivote à nouveau vers la fenêtre et se perd dans la contemplation du ciel azur. Pense-t-elle à tous ces voyages qu'elle a effectués à l'autre bout du monde ? Se souvient-elle du nombre incalculable de fois où elle a pris l'avion, avant d'hériter bien malgré elle d'un gamin de douze ans désorienté et avide de tendresse ?

— Angie ! fais-je doucement en posant la main sur son épaule. Tu ouvres ton cadeau ?

Elle sursaute et son attention revient vers moi.

— C'est tellement gentil de ta part ! C'est quoi ?

Elle s'assoit et dépaquette le présent avec une lenteur infinie, veillant à ne pas déchirer le papier scintillant. Elle procédait ainsi à l'époque, afin de récupérer les emballages pour s'en resservir. C'était une femme économe.

J'en profite pour aller inspecter son frigo.

— Tu n'as pas touché aux plats que je t'ai apportés la semaine dernière pour tes repas du soir, la réprimandé-je. Il faut manger pour rester solide, tu le sais, non ? Tu ne veux pas finir à l'hôpital, si ?

Elle ne m'écoute pas. Elle feuillette d'un air extasié le livre documentaire que je lui ai offert, publié par un journaliste globe-trotter écologiste. J'ai pris soin de choisir un ouvrage avec beaucoup d'images et peu de textes.

— Ces paysages sont magnifiques ! s'exclame-t-elle.

Elle m'ordonne d'approcher et m'attire à elle pour m'embrasser.

— Merci, mon chéri. Tu es un ange.

Derrière ses lunettes de myope, elle me scrute avec attention.

— Tu parais fatigué.

Je retrouve l'espace d'un instant ma tutrice bienveillante. Sa sollicitude me touche.

— Un peu crevé, mais ça va.

— Non, tu es contrarié. Je te connais, mon garçon. Tu crois que tu peux me cacher quelque chose ?

Surpris autant que ravi par cette tirade lancée sur un ton parfaitement cohérent, je prends une chaise pour m'installer face à elle.

— J'ai rencontré une fille, il y a quelques jours… et, comment te dire, il s'est passé un truc dans ma tête.

Je m'interromps, pas sûr de devoir continuer. Mais à qui confier mon tourment, si ce n'est à ma mère adoptive ?

— Quel est son prénom, à cette jeune chanceuse ?

— Elle s'appelle Clémentine… et je pense à elle sans arrêt.

Je m'arrête, troublé par mon propre aveu. J'exagère, je ne suis quand même pas obnubilé par cette fille à ce point-là. Si ?

Les yeux de mon interlocutrice pétillent.

— Tu es amoureux.

Je secoue la tête.

— Impossible, Angie. Je ne peux pas être amoureux d'une inconnue puisque je suis en couple avec Lisa. D'ailleurs, elle te passe le bonjour.

Angèle sourit.

— Cela n'a pas de rapport, rétorque-t-elle. L'amour sonne à la porte sans crier gare, tu n'y peux rien. C'est un miracle de vivre ces moments, tu en prendras conscience quand tu seras vieux.

Elle penche la tête et me dévisage d'un air effaré.

— C'est qui, cette Lisa… ma nouvelle infirmière ? Elle ne va pas fouiller dans mes affaires, j'espère.

Je comprends que le fil de notre conversation est rompu. L'esprit de ma tante est reparti errer dans un monde nébuleux dont elle seule a accès.

— Tes infirmières s'appellent Nicole et Sandrine, dis-je d'un ton apaisant. Elles sont très compétentes, tu peux leur faire confiance.

Elle semble rassurée.

— Je suis contente parce qu'à midi, il y aura des bûches glacées au chocolat et des papillotes.

Je souris et hoche la tête.

— Super, tu vas te régaler. Ensuite, tu feras la fête avec les autres ? Je crois qu'un magicien va venir, puis, en fin de journée, ce sera un orchestre.

Angèle grimace, traduisant son peu d'intérêt pour les animations énumérées. Elle se penche vers moi avec une mine de conspiratrice.

— Tu sais que j'ai sauté en parachute, la semaine dernière ?

Je saisis sa main et l'embrasse affectueusement.

— Oui, Angie, tu as sauté en parachute, mais c'était à l'occasion de tes soixante ans, il y a plus de dix ans maintenant.

Elle lève les yeux au ciel, puis son attention revient vers le livre ouvert sur ses genoux.

— Très joli, ce bouquin, tu remercieras les filles de l'accueil. Elles sont tellement gentilles de me faire un cadeau.

Je soupire.

— D'accord.

Son regard repart en direction de la fenêtre et s'y fixe. Je n'existe plus pour elle, jusqu'au prochain éveil de son pauvre cerveau envahi de brume.

— Je te laisse, tata. Je reviendrai te voir bientôt.

— Bien, docteur. Merci.

J'aimerais croire qu'elle s'amuse à me donner le titre de mon métier, sachant à quel point l'obtention de mon doctorat l'avait rendue fière. Mais à cet instant, elle peut tout aussi bien me confondre avec le généraliste qui lui rend visite deux fois par semaine.

— Salut, Angie ! Joyeux Noël !

— À plus... sac à puces !

L'émotion me gagne. Ces mots étaient sa façon de me souhaiter une bonne nuit, lorsque j'étais gamin. Ils étaient issus d'une bande dessinée que nous avions lue ensemble.

— À bientôt, vieux chameau ! lancé-je en retour, piochant à mon tour dans le dialogue de cette histoire ancienne.

Je quitte la chambre et reste un instant planté dans le couloir, luttant contre l'envie de frapper le mur du poing en signe de rage et de désespoir.

J'ai beau être médecin, je n'arrive pas à admettre que le seul membre de ma famille encore en vie est atteint d'une maladie incurable qui s'attaque à sa mémoire.

Un jour, tante Angèle ne me reconnaîtra plus et oubliera qu'elle m'aimait. À cette idée, j'ai envie de chialer comme un gosse.

# Chapitre 15

## *Axel*

Notre repas de Noël se termine vers seize heures, me laissant repu et somnolent. La terrine de saumon préparée par Lydie était excellente et le tajine de lotte effectué par Lisa tout aussi savoureux. Deux bouteilles de chardonnay ont été ouvertes pour accompagner les plats, essentiellement bues par Claude et moi. Heureusement que je ne croise pas souvent la route du sympathique Breton, car mon foie ne tiendrait pas la distance.

Après la bûche pâtissière au praliné, Lisa et sa mère n'en finissent pas de discuter de sujets divers qui ne retiennent guère mon attention, ce qui accentue ma torpeur. Je n'ai qu'une envie, m'isoler dans la chambre pour m'offrir une sieste réparatrice. Par politesse, je vais pourtant m'installer en compagnie de Claude sous la véranda afin de boire le café. Je refuse le cigarillo qu'il me propose, ma trachée ressentant encore l'effet irritant du tabac inhalé la veille.

L'avantage d'être entre hommes est que la conversation n'est pas forcément de mise. Les minutes passent dans un silence paisible qui me convient tout à fait. Installé sur un rocking-chair douillet, je me détends tellement que je pourrais m'endormir sur-le-champ. Près de moi, Claude contemple le jardinet d'un air rêveur tout en recrachant une fumée épaisse et odorante vers le plafond avec un plaisir évident.

— Ma fille paraît heureuse avec toi, lâche-t-il alors.

Je m'extirpe de mes pensées cotonneuses.

— Merci.

J'ignore pourquoi je le remercie.

Il me dévisage avec attention.

— Et toi, petit... tu l'aimes ?

Adieu, douce quiétude. J'avale une gorgée de café pour me donner une contenance. En règle générale, je ne suis pas très prolixe lorsqu'il s'agit de décrire mes sentiments. Face au père de Lisa, je me sens carrément gêné.

— Oui, bien sûr. Lisa est super...

Claude hoche la tête.

— Ça, je le sais. Ce que je te demande, c'est si tu comptes faire ta vie avec elle ?

Je reste muet. Longtemps. Claude attend patiemment ma réponse sans me lâcher des yeux, ce qui me paralyse d'autant plus.

Lisa apparaît, m'extrayant fort à propos de cette situation embarrassante.

— Tu viens faire une sieste ? m'invite-t-elle d'un air engageant.

Je quitte le rocking-chair comme s'il me brûlait le derrière.

— Bonne idée, j'ai besoin de récupérer. Je me suis tant gavé à table que je n'arrive plus à aligner trois mots.

Claude émet un léger gloussement que je n'ose pas interpréter.

— À tout', papa, lance gaiement Lisa. Tu peux dormir un peu, toi aussi, maman ronfle déjà sur le canapé.

— Oui, ma puce, je vais faire ça, répond le Breton en se levant à son tour.

Je croise son regard que je ne parviens pas à soutenir. Je me sens vraiment mal à l'aise.

— Reposez-vous bien, les tourtereaux, dit-il en écrasant son cigare dans le cendrier. Mais pas de galipettes bruyantes, hein ? Les parents ne sont pas encore sourds.

Lisa s'esclaffe. Je me force à faire de même et la suis dans l'escalier qui mène aux chambres.

Elle referme la porte derrière nous, s'assoit sur le bord du lit et m'enjoint de prendre place à ses côtés.

Je m'exécute en retenant un soupir. Loin de digérer tranquille sous la couette, je vais être confronté à la discussion tant attendue par Lisa. Au pire, elle va me parler mariage. Non, elle n'osera pas. Elle va plutôt déclarer qu'il est temps que nous vivions ensemble, m'inciter à rompre le bail de location de mon studio. Pour ne pas la contrarier et parce que ce n'est pas faux, je vais répondre que j'envisage sérieusement cette éventualité, que je commence à en étudier les aspects positifs plutôt que les inconvénients. Si je me débrouille bien, le débat se clôturera rapidement sur une promesse d'engagement de ma part, qui contentera ma compagne et me laissera quelques semaines de réflexion supplémentaires.

Lisa pose une main sur mon genou, puis l'ôte et lisse nerveusement ses cheveux.

— Bon, je voudrais déjà te jurer que rien, dans ce que je vais te dire, n'a été prémédité.

Surpris, je fronce les sourcils. Apparemment, je me suis planté. Il ne s'agit pas de parler déménagement.

— Bon sang, ce n'est pas facile..., se lamente-t-elle en se tordant les doigts. J'ai peur de ta réaction.

Aussitôt, mon cerveau élabore un scénario adapté qui saurait justifier une telle crainte. J'imagine Lisa dans les bras d'un homme, échangeant avec lui des baisers aussi fiévreux que ceux de Clémentine et moi, deux jours plus tôt.

L'apathie postprandiale doit me rendre plutôt tolérant, car je ne ressens aucune jalousie. En vérité, je suis même soulagé. Si Lisa m'a trompé avec un type, je peux lui parler à mon tour de Clémentine et ainsi, nous serons quittes. Notre couple pourra repartir sur de nouvelles bases, solidifiées par une confiance mutuelle.

Lisa se lève et se campe devant moi.

— Je n'ai pas voulu que cela arrive, insiste-t-elle, la mine grave et repentante.

Je tends le bras pour saisir sa main.

— Ne t'inquiète pas, ma chérie. Nous sommes des êtres humains, avec nos faiblesses et nos doutes, je suis plutôt heureux que tu aies le courage de me mettre au courant. C'était quand et avec qui ?

Lisa semble éberluée. Elle ne s'attendait évidemment pas à ce que je réagisse aussi bien.

— Avec qui ? répète-t-elle. Axel... tu plaisantes ?

J'embrasse le dessus de sa main.

— À ce propos, j'ai également quelque chose à t'avouer.

Elle se dégage brusquement.

— Mais qu'est-ce que tu racontes ? Tu ne sais même pas ce que je vais t'annoncer ! remarque-t-elle d'un ton acide.

Je me sens bête. Il se pourrait que je sois encore à côté de la plaque.

— Eh bien, vas-y, qu'as-tu à me dire ?

Lisa me dévisage avec suspicion.

— Et toi, que voulais-tu m'avouer ? rétorque-t-elle.

Nos regards s'affrontent.

— Toi d'abord, fais-je d'une voix peu assurée.

Elle garde un instant le silence, puis me tourne le dos pour aller fouiller dans le tiroir de sa commode, où elle range ses dessous.

Je l'entends distinctement inspirer avec application, comme quelqu'un qui tente de se donner du courage. Elle se retourne et tend le bras pour placer devant mes yeux un bâtonnet en plastique blanc, mesurant une quinzaine de centimètres.

Je me fige et mes tempes se mettent à bourdonner.

— Tu comprends ? demande-t-elle doucement.

Je ne comprends que trop bien. D'ailleurs, il faudrait être abruti ou illettré pour ne pas savoir interpréter la fenêtre bleutée sur laquelle est inscrit le mot « enceinte ».

— Axel ? Dis quelque chose, s'il te plaît.

Je me lève et me dirige vers la porte dans un puéril réflexe de fuite, puis je reviens sur mes pas.

— Tu ne prenais pas la pilule ?

Lisa fait la moue.

— Si… Je t'assure que je n'avais rien prémédité, loukoum.

— Arrête de m'appeler comme ça ! hurlé-je.

Aussitôt, ses yeux s'humidifient.

— Tu as oublié de prendre la pilule ? insisté-je, bien que cela ne soit pas tellement important, au stade où nous en sommes.

— Il arrive parfois que je ne pense pas à avaler mon comprimé le soir, admet-elle d'un ton piteux. Mais c'est très rare.

Sa contrition ne m'attendrit pas. Je suis submergé par la colère et l'affolement.

— Bon sang, Lisa… Je n'ai pas fini mes études !

Je croise les bras sur ma poitrine pour tenter de contenir mon tumulte intérieur.

— Tu sais à quel point je suis happé par l'hôpital, mes cours et mes heures de garde. Je ne peux pas envisager d'avoir un bébé avant d'obtenir mon clinicat !

Je fixe avec méfiance son ventre plat, comme si je craignais qu'il ne se mette à gonfler d'un seul coup.

Je gémis, accablé.

— Je ne peux pas avoir un enfant. Pas maintenant !

Les traits de Lisa se durcissent.

— Moi, j'en veux un, répond-elle avec assurance. Je gagne bien ma vie, je suis capable d'assumer un bébé, avec ou sans ton aide.

Je vacille sous ses paroles.

— Tu te fous de ma gueule ? Lisa, tu délires, là ? Tu oserais garder cet enfant contre ma volonté ? Tu ferais ça ?

Elle se retient difficilement de pleurer, mais conserve son expression résolue.

— Beaucoup de femmes ont eu du mal à tomber enceintes, après trente ans. Je vais en avoir trente-cinq, alors je ne veux pas laisser passer ma chance.

Je recule et m'adosse au mur. Le déjeuner remonte le long de mon œsophage sous forme d'un filet de bile amère. Je suis en plein cauchemar et vais me réveiller. Ce n'est pas possible autrement.

— Tes dernières règles datent de quand ? Tu as fait une prise de sang ?

J'ai adopté le ton impersonnel du médecin. J'ai besoin de m'abriter derrière ma fonction pour garder le contrôle de mes émotions.

— Non, pas encore. J'ai légèrement saigné il y a quelques jours, mais comme j'avais très mal aux seins et des nausées matinales, j'ai fait ce test avant-hier. Je dois être enceinte de trois semaines, un peu plus, peut-être.

Elle s'approche de moi, essayant de m'amadouer avec un sourire.

— Je veux élever cet enfant avec toi. Tu verras, on va y arriver. Dès qu'il sera là, tu seras le plus heureux des papas, j'en suis sûre. Maman m'a révélé que mon père n'avait pas sauté de joie en apprenant sa grossesse, alors qu'ils n'étaient même pas fiancés. Puis quand je suis née, il a été fou de moi.

— Ah bon, parce que ta mère est au courant ?

Lisa grimace.

— Elle l'est depuis hier et papa l'a su ce matin, vu qu'elle lui dit tout.

Je jure entre mes lèvres.

— Génial ! On est censés faire quoi, maintenant ? Se réunir autour de la table et sabler le champagne ?

Lisa se permet un petit rire timide.

— Oui, ce serait chouette.

Ma rage atteint un point culminant dont l'intensité m'effraie moi-même.

J'agrippe les bras de ma compagne, conscient de les serrer un peu trop fort.

— Je ne veux pas d'enfant maintenant. C'est clair ?

Elle se dégage et son visage redevient combatif.

— Peut-être que tu n'es pas sûr de tes sentiments pour moi ?

— Exactement, je ne sais pas si je t'aime assez pour faire ma vie avec toi ! Et je refuse d'être un père absent qui ne trouvera pas le temps de s'occuper de son gosse ! Tu peux comprendre ça, espèce d'égoïste ?

Lisa me gifle violemment.

— Tu ne sais pas si tu m'aimes assez pour faire ta vie avec moi ? répète-t-elle avec hargne. Le problème est là ?

Elle s'arrête pour reprendre son souffle.

— C'est ce que tu voulais m'avouer, tout à l'heure ?

Ma colère redescend d'un cran. Je mesure le mal que je suis en train de faire à cette femme qui a toujours été attentionnée et patiente avec moi.

Honteux, je tente de l'attirer contre moi, mais elle refuse que je la touche.

— Va-t'en, ordonne-t-elle d'une voix rauque. Quitte cette maison et va retrouver tes livres et ta solitude.

Je soupire.

— Écoute, nous devons réfléchir calmement à la situation. Aussi bien toi que moi.

— Va-t'en, répète Lisa. Tu me fais souffrir et ce n'est pas bon pour mon bébé.

— Ton bébé ?

J'ai crié à nouveau. Je pense vaguement que Lydie et Claude doivent entendre nos éclats de voix, mais je n'en ai cure.

— Si tu gardes cet enfant, ce sera aussi le mien, je te signale !

— Tu ne seras pas obligé de le reconnaître, riposte-t-elle.

Je domine mon envie de la gifler à mon tour. Pas question de me transformer en brute épaisse.

— Lisa, ce que tu t'apprêtes à me faire est dégueulasse.

Je pointe mon index vers son ventre.

— Si tu gardes ce bébé, tu fous en l'air notre couple. C'est donc toi qui ne m'aimes pas assez.

Lisa pousse un ricanement aigu.

— Tu joues la victime parce que tu crèves de peur de t'engager ! vocifère-t-elle. Tu fais pitié, Axel !

— OK… alors je me tire !

J'ouvre et referme la porte en la faisant claquer et descends l'escalier à toute vitesse.

J'aperçois Lydie et Claude sur le canapé, serrés l'un contre l'autre comme deux naufragés fraîchement repêchés de l'océan. Ils paraissent si désolés qu'on en aurait presque de la peine pour eux.

— Au revoir, aboyé-je d'un ton cassant, sans attendre leur réaction.

J'enfile mon manteau à la hâte et me rue dehors.

L'air froid fouette mes joues et sèche la transpiration nerveuse qui a coulé dans mon dos. Je frissonne tout en constatant que le ciel s'est chargé de nuages noirs menaçants.

La voix de Claude me parvient alors que je m'apprête à passer le portail qui donne sur la rue.

— Axel, attends !

J'obtempère de mauvaise grâce.

Le Breton me rejoint et me dévisage avec attention.

— Tu sais, moi non plus, je ne voulais pas avoir d'enfant, au départ.

Je reste silencieux, estimant inutile de lui dire que Lisa m'a déjà rapporté ce fait. De toute façon, je n'ai pas envie de lui parler.

— La différence entre toi aujourd'hui et moi à l'époque, c'est que j'étais certain d'une chose.

Je ne tiens guère à l'entendre poursuivre, mais je ne peux pas lui demander de la fermer, par respect pour son âge.

Il me fixe avec ses iris noisette, si semblables à ceux de sa fille.

— J'étais sûr de vouloir vivre toute ma vie auprès de Lydie.

Je baisse la tête sur mes chaussures, à nouveau mal à l'aise devant lui. Merde, c'est vrai que je fais pitié !

Il me tapote gentiment le dos.

— Une seule question pour une seule réponse. Le reste, ce n'est qu'un jeu de l'oie où l'on saute plus au moins vite dans la case d'après.

Il glousse à la fin de sa tirade, sans doute fier de sa métaphore.

J'en ai assez entendu. J'ouvre le portillon et me dirige vers ma voiture à pas pressés. Je m'affale sur le siège et insère la clé de contact. Sur le pare-brise viennent çà et là s'écraser de grosses gouttes de pluie, que je contemple d'un œil morne.

Un temps pourri pour une fin de journée qui ne l'est pas moins. Joyeux Noël.

# Chapitre 16

## *Axel*

À huit heures du matin, la sonnerie de mon téléphone m'extirpe d'un sommeil chaotique.

Il s'agit de Fabien.

— Hé, *man*. Ça te dit un jogging détoxiquant au bois de Montmort d'ici une demi-heure ? J'ai trop bouffé ces deux derniers jours, mon corps a besoin de transpirer.

Je réponds « d'accord » dans un grognement d'ours et m'extrais du lit en bâillant. Aussitôt, l'image de Lisa vient s'afficher devant mes yeux. Je l'imagine effondrée dans les bras de ses parents, tous les trois parlant de moi en termes méprisants. Cette idée me donne envie de replonger sous ma couette, mais je lutte en allant avaler coup sur coup deux expressos tellement serrés qu'ils frôlent l'état solide.

Quand je me gare sur le parking qui fait face au zoo municipal de la ville, Fabien m'attend déjà en faisant des moulinets avec les épaules pour se réchauffer.

— Ça va ? demande-t-il avec curiosité, notant sans doute ma mine sombre.

— Mouais. Allez, on trace, fais-je en m'engageant sur le chemin.

Nous croisons bon nombre de joggeurs et de marcheurs malgré le temps maussade. Le ciel, bas et gris, crache de temps à autre une pluie fine et glaciale. Tout en courant, je vide mon sac auprès de mon ami, lui racontant la dispute de la veille entre Lisa et moi. Fabien ne m'interrompt pas, d'autant moins qu'il souffle comme un malheureux à cause du surpoids emmagasiné depuis son mariage.

Durant une trentaine de minutes, nous arpentons à bonne allure les sentiers bordés de chênes et de buis, puis Fabien lève le pouce pour déclarer forfait.

— Pause, ou je crève.

Nous nous étirons avant de nous asseoir sur un banc. Deux joggeuses rieuses passent en nous lançant des œillades amicales, peut-être même un peu coquines. Je les regarde distraitement disparaître dans un virage, puis me tourne vers Fabien, qui tète sa bouteille d'eau avec avidité.

— Hé bé, mon pote, tu es dans une belle impasse, lâche-t-il enfin.

Je lui suis reconnaissant de ne pas entamer le dialogue en me vantant les multiples avantages qu'il y a à devenir papa.

Il me tapote gentiment l'épaule.

— Mais tu as encore le temps de réfléchir.

— Ouais… neuf mois à peu près, maugréé-je.

Il rit doucement, puis grimace, car la pluie se remet à tomber.

— Imaginons le pire, fait-il. Tu romps avec Lisa, mais elle garde tout de même le gosse et, à mon avis, c'est ce qu'elle fera, vu ce que tu m'as rapporté. Tu reconnais le petit, tu t'en occupes de temps en temps… et avant même de t'en apercevoir, tu auras fini ton clinicat et vous pourrez pratiquer une garde alternée, ou alors vous déciderez d'habiter ensemble.

Je fronce les sourcils.

— Ce n'est pas d'après ce schéma que j'envisageais de fonder une famille.

Fabien se lève.

— Viens, on va boire un truc chaud chez moi.

Devant mon hésitation, il sourit.

— Béné est partie avec Maya voir une cousine. Elle n'est pas près de rentrer, ne t'en fais pas. On sera peinards.

Une demi-heure plus tard, nous entrons dans l'appartement spacieux de mon ami, situé non loin du CHU.

Sur un meuble de la salle à manger trône un paquet de Pampers et près de lui, une pile de layette attend d'être rangée. Prévenant, Fabien attrape ces preuves incontestables indiquant la présence d'un bébé en ces lieux et les emmène dans une chambre afin de les soustraire à ma vue. Il apporte ensuite une assiette de petits beurres et deux mugs de café qu'il dépose sur la table basse.

Je sucre ma tasse et fixe le breuvage noir comme si j'espérais y lire mon avenir.

— Je tiens beaucoup à Lisa, murmuré-je.

Fabien enfourne deux galettes dans sa bouche et mâche avec appétit tout en m'observant.

J'hésite à poursuivre. Dois-je lui parler de Clémentine ? L'épisode vécu chez elle a-t-il été important au point d'influencer les choix auxquels je suis confronté aujourd'hui ?

— Mais... ? lance Fabien d'un ton encourageant.

Il s'octroie un troisième biscuit.

— Tu n'es pas sûr qu'une autre meuf ne te conviendrait pas mieux ? hasarde-t-il.

Je me sens rougir.

— Et toi ? contré-je. Tu ne regardes plus les femmes depuis que tu es avec Bénédicte ?

Fabien ricane et avale bruyamment une gorgée de café.

— Bien sûr que je mate les culs. Tu crois que je suis devenu aveugle ?

Je souris malgré moi.

— Mais, à un moment, il faut bien savoir ce qu'on veut, reprend-il. J'adore Béné et, maintenant, il y a ma fille. Je n'ai pas envie de détruire nos vies pour une histoire de libido mal contenue.

Il me dévisage avec curiosité.

— Tu es allé baiser ailleurs, depuis que tu es avec Lisa ?

Je fuis son regard.

— Baiser non, pas réellement.

Fabien émet un couinement surpris.

— Putain... le con !

Il se penche vers moi.

— C'est qui ? Une fille qui bosse à l'hosto ou une patiente ?

La porte d'entrée s'ouvre à cet instant.

— Salut, les garçons !

Bénédicte apparaît dans le salon, un siège-auto au bout du bras. Je me lève pour aller l'embrasser. Elle n'a pas encore perdu les kilos pris lors de sa grossesse, mais reste charmante avec son visage de poupée russe et ses cheveux bruns coupés au carré.

— Comment tu vas ? me demande-t-elle.

— Bien… et toi ?

J'observe Fabien qui sort sa fille du siège. Il m'adresse une mimique penaude et se tourne vers sa compagne.

— Tu rentres tôt.

— Oui. Ma cousine avait des soucis de voiture et devait la mener au garage.

Elle me sourit.

— Tu n'es pas avec Lisa ? Dommage, cela m'aurait fait plaisir de la voir.

Elle saisit son bébé des bras de Fabien et me le tend comme une offrande.

— Prends-la un peu, parrain.

Je porterai officiellement ce titre dans quelques semaines, quand aura lieu le baptême. Fabien m'avait demandé si j'accepterais d'avoir son enfant pour filleul avant même qu'il ne soit né. J'avais consenti à cette requête sans réfléchir, surtout pour lui faire plaisir.

Je cale Maya dans le creux de mon bras. C'est la seconde fois que je la vois, la première ayant été à la maternité quelques heures après sa venue au monde, quand elle était encore rouge et fripée.

Mes yeux rencontrent les siens, gris et ronds comme des billes. Son air sérieux et grave m'impressionne, comme si elle possédait une sagesse ancestrale et était capable de lire mes pensées les plus intimes.

Je vais m'asseoir et penche la tête pour effleurer des lèvres le fin duvet qui recouvre son crâne parfait. Sa peau est douce comme de la soie et dégage une odeur de savon sucré, propre aux nourrissons choyés.

Nos regards se rencontrent à nouveau et la minuscule bouche rose s'entrouvre pour émettre un léger hoquet en forme de point d'interrogation. Je souris et, soudain, mes yeux se remplissent de larmes.

Dans le ventre de Lisa est en train de se développer un amas de cellules qui deviendra un bébé semblable à celui-là, si on lui en laisse la possibilité, un être innocent et pur qui ne demande qu'à germer en silence, responsable de rien, mais capable de chambouler le monde. Et, moi, en vrai salopard, je voudrais ignorer ce miracle de la vie, l'écarter de mon chemin comme une mauvaise herbe ?

Je renifle et essuie prestement une larme traîtresse qui menace de couler sur ma joue. Aussitôt, la main de Fabien se pose sur mon épaule.

— C'est cool, mon pote. Tu vas voir, ça va le faire.

Je déglutis péniblement et chatouille de l'index une des paumes de Maya. Par réflexe, ses doigts minuscules enserrent le mien tandis qu'une petite bulle rigolote se forme sur ses lèvres.

— Elle est magnifique, votre fille, dis-je d'une voix enrouée par l'émotion.

Bénédicte toussote. Elle est assez fine pour comprendre que je ne suis pas dans mon assiette, mais ne se permet pas de m'interroger.

— Tu restes grignoter avec nous ? invite-t-elle gentiment.

Je quitte le canapé et laisse Fabien récupérer son enfant, le lui abandonnant presque à regret.

— Non, merci. Je dois aller voir Lisa.

Je salue le couple et dépose un baiser sur le front de ma future filleule.

— Merci, dis-je à Fabien qui me raccompagne jusqu'à la porte.

Il m'observe d'un air amusé.

— Remercie plutôt Maya. Elle t'a tout dit, non ?

J'adore ce mec.

— On se voit demain au boulot, ajoute-t-il dans un clin d'œil. Tu as encore des choses à me raconter, je crois.

J'essaie de sourire, mais ne parviens qu'à grimacer. Mon cerveau est aussi encombré qu'un vieux grenier et je me sens épuisé jusqu'à la moelle.

Une fois assis dans ma voiture, je compose le numéro de Lisa. Elle décroche aussitôt.

— C'est moi, fais-je inutilement, vu que ma photo a dû apparaître sur son mobile, si elle ne l'a pas effacée depuis hier.

— Salut.

— Je peux venir te voir ?

— Non, ce n'est pas la peine.

Elle se racle la gorge.

— Axel, j'ai beaucoup réfléchi cette nuit. Je conçois que tu puisses être affolé à l'idée de devenir père et que tu puisses me détester d'avoir oublié de prendre ma pilule, mais tu ne me feras pas changer d'avis.

— Oui, je me doute que…

— Laisse-moi continuer ! ordonne-t-elle. Si ce bébé t'aide à comprendre que je ne suis pas la femme de ta vie, c'est une bonne chose, cela nous évitera de nous engager dans une relation qui ne durerait pas à long terme. Mais c'est moi qui suis enceinte, pas toi. Je suis donc la seule à pouvoir décider du sort de cet enfant, que cela te plaise ou non.

Je passe une main nerveuse dans mes cheveux.

— Stop, Lisa ! Arrête de monter dans les tours avant de m'avoir écouté !

Elle se tait, mais je la devine hostile, ce qui ne m'aide pas à trouver mes mots.

— Hier, je me suis comporté comme un idiot. Je suis désolé, j'ai flippé et je t'ai dit des choses que je ne pensais pas.

En la prononçant, je mesure le poids de ma phrase. Ne suis-je pas en train de me mentir à moi-même, en cet instant ?

Lisa émet un ricanement qui résonne de façon désagréable à mon oreille.

— Non, Axel, je crois au contraire que tu as été très honnête avec moi. Et je ne peux pas t'en vouloir d'avoir été sincère.

Elle laisse s'écouler un silence que je n'ose pas rompre.

— Je pars demain matin avec mes parents à Brest. Des amis d'enfance organisent un réveillon dans une salle des fêtes, et ils insistent pour que je sois des leurs.

Abasourdi, je ne sais que répondre. Je suis en train de découvrir une Lisa inconnue, froide et déterminée.

— Comme tu es de garde le trente et un, je vais en profiter pour prendre quelques jours de vacances, poursuit-elle. Cela me fera le plus grand bien d'aller respirer l'air de l'océan.

Je hoche la tête, bien qu'elle ne puisse me voir.

— Mais je peux quand même passer chez toi dans l'après-midi ? demandé-je d'un ton incertain.

— Non, je ne préfère pas.

Sa voix se brise légèrement. Enfin un peu de fragilité.

— J'ai besoin de m'éloigner de toi, Axel.

Je devine qu'elle va raccrocher.

— Lisa… Attends !

J'inspire profondément.

— Je suis d'accord pour garder ce bébé.

Elle pousse un cri de surprise.

— C'est vrai ? Tu es prêt à lui donner ton nom ?

Son intonation traduit autant de soulagement que de méfiance, ce qui me froisse dans mon amour-propre.

— Évidemment. Tu crois que je te laisserais élever un enfant toute seule ?

— Mais… cela implique quoi, pour nous deux ? Je te rappelle que tu n'es pas sûr de tes sentiments pour moi.

Son ironie mordante ne m'échappe pas.

— Tu ne veux pas que je vienne et qu'on en parle de vive voix ? proposé-je dans le lâche espoir de gagner du temps.

— Non. J'ai une tête affreuse et je n'ai pas envie que tu te pointes avec mes parents au milieu.

— Ouais, je n'ai pas trop envie de les croiser non plus, avoué-je.

Elle rigole un peu, mais redevient vite sérieuse.

— Tu envisages que nous vivions ensemble avec cet enfant, ou bien tu comptes jouer le père courant d'air qui se donne bonne conscience en passant le voir un samedi sur deux ?

Je lui en veux de m'agresser ainsi alors que je tente de me montrer correct avec elle.

— Laisse-moi le temps de réfléchir, grincé-je. Tu crois que c'est facile pour moi ?

Elle soupire.

— Pardon. Je suis stressée, les hormones et tout…

Je tapote nerveusement le volant de ma main libre.

— Je ne peux pas te promettre le mariage maintenant, fais-je avec franchise. Cela irait trop vite.

Elle reste muette.

— Mais je serai un père pour notre enfant, quoi qu'il arrive, continué-je. Et pas seulement à temps partiel.

Ma gorge s'assèche. En m'engageant ainsi, je renonce à ma liberté, j'accepte la mise à mort de mon indépendance. Je n'ai pas d'autre choix. Tante Angèle m'a élevé en essayant de faire de moi un homme loyal et respectable. Je la trahirais si je refusais d'assumer mes responsabilités.

— Je m'occuperai de cet enfant, Lisa, je te le promets.

— OK, murmure-t-elle. C'est une bonne nouvelle.

— Embrasse tes parents, ajouté-je pour dire quelque chose.

— Je te laisse, j'ai mes valises à préparer.

Mon cœur se serre. Hier encore, j'étais en couple avec une femme amoureuse de moi. Aujourd'hui, j'ai l'impression que nous sommes devenus des étrangers l'un pour l'autre, alors qu'elle porte mon enfant. La situation est surréaliste.

— Prends soin de toi, Lisa.

— Oui, ne t'inquiète pas.

Elle coupe la communication.

Je démarre en direction de mon studio, l'intérieur du crâne en ébullition. J'ignore si je peux encore me considérer comme fiancé à Lisa, ou si nous amorçons la phase de la rupture inéluctable.

Je ne retiens qu'une seule chose : au prochain Noël, je serai papa. Cette perspective ravive le souvenir de mes parents, disparus prématurément. J'admets que l'orphelin tapi au fond de moi est ému et excité à l'idée d'avoir l'occasion de fonder une famille. Mais peut-on se montrer à la hauteur d'une tâche, si noble soit-elle, lorsqu'elle nous est imposée ? Bon sang, je ne sais plus où j'en suis.

Sans transition, mon esprit se tourne vers une certaine Clémentine et une vague de ressentiment me submerge. Depuis que ma route a croisé la sienne, je ne contrôle plus le cours de ma vie. Cette fille m'a réellement porté la guigne.

Je ne dois plus jamais la revoir. Je n'en ai d'ailleurs aucune envie, vraiment aucune. Elle-même doit déjà m'avoir oublié, c'est sûr.

Penser à elle aussi souvent est une perte de temps. Cette obsession devient ridicule, surtout étant donné mes problèmes actuels.

J'ai ma dose de pépins, qu'elle garde les siens.

# Chapitre 17

## *Clémentine*

Prenant son rôle de conseillère très au sérieux, Solène furète activement dans les portants du magasin de déguisements, à la recherche de la tenue qui pourrait me convenir pour le soir du réveillon. En attendant, je suis à moitié assise sur le rebord d'un présentoir empli de coussins péteurs.

— Pourquoi pas ceci ? propose-t-elle en me montrant la panoplie d'Iron Man. C'est une combinaison assez large au niveau des jambes, ton attelle serait camouflée.

Je soupire.

— Génial ! Tout à fait mon style...

Solène fronce les sourcils et met les poings sur les hanches, dans la pose bien connue de l'institutrice en mode « pas contente de son élève ».

— Tu vas tirer la tronche jusqu'à quand ?

Je fais mine de ne pas comprendre sa question.

— Tu devrais rayonner de bonheur, non ? Je te jure, parfois, je ne te capte pas.

J'esquisse un sourire penaud.

— Tu ne veux pas qu'on aille boire un coup dans la boulangerie qui fait salon de thé, à côté ?

— Et ton déguisement ?

— Après…

Nous nous installons à une petite table, près de la fenêtre et du radiateur. Solène commande un chocolat chaud et moi un cappuccino.

Mon amie m'observe avec curiosité.

— Qu'est-ce qui ne va pas, Clém ?

Je hausse les épaules.

— Cette fracture de la cheville me gonfle. Cyril s'éclate à Courchevel et, moi, je suis coincée ici et je dois te demander de me servir de chauffeur pour dégotter un costume de fête… fête où je vais m'ennuyer à mourir.

Solène émet un petit cri désespéré.

— Tu es une vraie gamine pourrie gâtée, quand tu t'y mets !

Elle prend ma main et effleure le diamant qui orne ma bague.

— C'est cet anneau, le plus important ! Dans quelques mois, tu seras mariée à un gars super, l'année suivante, tu vivras dans une villa de folie.

Je fronce les sourcils.

— Une villa de folie ?

— Celle que Cyril va faire construire à Saint-Gély-du-Fesc, sur le terrain que son père lui a donné. Il me l'a décrite en détail : ce sera une demeure immense avec piscine, équipée des dernières technologies. Genre le matin, le réveil s'enclenchera en même temps que la cafetière s'allumera et que les volets roulants se relèveront !

Je touille sauvagement mon cappuccino, dans lequel je n'ai pourtant pas encore mis de sucre.

— Ah bon ? Je n'en sais pas autant que toi sur le sujet.

Je me penche vers elle.

— Tu ne trouves pas que c'est avec moi qu'il devrait en discuter ? Il pourrait me demander si je préfère une douche ou une baignoire, une cuisine américaine ou pas... ce qui me ferait plaisir, quoi !

Solène me fixe comme si je venais de me transformer en monstre à deux têtes.

— Tu t'énerves alors que ton mec compte t'offrir un palais ?

— Je ne m'énerve pas.

— Bah si.

— Bah non.

Nous nous dévisageons et finissons par pouffer de concert.

Je bois une gorgée de café et soupire.

— Ce mariage m'angoisse.

Solène demeure silencieuse.

— Je ne suis pas certaine d'être prête à franchir ce cap, avoué-je dans un souffle.

Mon amie paraît atterrée.

— Merde, Clém… pourquoi as-tu accepté, alors ? Tu aurais dû exiger un délai de réflexion !

Je secoue la tête.

— Je ne pouvais pas ! Mes parents et les siens étaient là, tous attendaient ma réponse, tous persuadés que je vivais le plus beau jour de ma vie !

Solène croise les bras sur sa poitrine ronde.

— Et ce n'était pas le cas ?

— Honnêtement, non. J'ai peur d'être nulle dans le rôle de l'épouse parfaite.

Solène ricane.

— N'importe quoi ! Il y aurait une définition de l'épouse parfaite ?

— Oui, une femme comme toi : qui aime cuisiner, qui s'adapte facilement, qui parvient à rire même quand elle n'a pas le moral.

Solène pince les lèvres.

— Tu décris une nana un peu basique, là.

— Au contraire, je voudrais avoir tes qualités ! Tous les hommes rêvent d'épouser une fille comme toi !

Elle grimace.

— Tes atouts doivent pourtant être plus attrayants que les miens, sinon c'est avec moi que Cyril désirerait se marier, non ?

Elle ricane sans me laisser la possibilité de réagir.

— Malgré mon merveilleux caractère, je n'attire que les paumés. N'y aurait-il pas un problème ?

Je lui souris.

— Tu trouveras ta moitié masculine bientôt, j'en suis sûre.

Elle ébauche un geste vague et observe le ciel gris derrière la vitre.

— On dirait qu'il va neiger. Quand on pense qu'il faisait soleil, le jour de Noël.

J'acquiesce.

— Le soir, il a quand même plu, noté-je.

Nous demeurons songeuses un instant, comme si nos considérations météorologiques méritaient un temps de recueillement solennel.

— Revenons à toi, reprend Solène. Tu n'es pas excitée à l'idée de choisir ta robe de mariée, la décoration de la salle et tout ?

Elle a les yeux qui pétillent en parlant.

— Si..., concédé-je. La robe, c'est sûr.

— Ah ! Tu vois !

Je ne peux m'empêcher de rire.

— Si tu me certifies qu'une belle tenue blanche peut me garantir un mariage réussi, je compulse les catalogues dès ce soir !

— Bêtasse ! riposte Solène. Arrête de jouer la martyre et mesure la chance que tu as.

— OK, chef ! Je vais essayer.

Elle consulte sa montre.

— Bon, on va chercher ton déguisement ? Je dois ensuite conduire ma mère à Ikea, elle veut acheter une étagère.

Je vais payer les consommations. En sortant de la boulangerie, je saisis le bras de mon amie.

— Soso, j'ai un autre service à te demander.

— Oui ?

— Tu serais libre après-demain à quinze heures, pour m'accompagner à l'hôpital ? J'ai rendez-vous pour une radio de ma cheville et, ensuite, je vois l'orthopédiste.

Solène grimace.

— Cela va être compliqué, je vais chez le coiffeur à seize heures.

Je presse son bras plus fort.

— S'il te plaît, ce ne sera pas long.

Nous entrons à nouveau dans le magasin. Mes yeux tombent sur des masques de clowns qui me paraissent plus effrayants qu'amusants.

— Si tu ne peux pas, je prendrai un taxi, continué-je.

Solène attrape un nez rouge et se le colle sur le visage.

— C'est bon, je t'amènerai.

Je choisis une paire de lunettes surdimensionnées et les lui tends.

— Et tu resteras avec moi pendant la consultation, d'accord ? Si on m'annonce une mauvaise nouvelle, tu seras là pour me soutenir.

Solène lève les yeux au ciel.

— Tu m'as pris pour ta mère ?

Elle met les lunettes et me dévisage. Son allure me fait sourire, même si j'attends sa décision avec impatience.

— T'inquiète, je resterai avec toi et même, je te tiendrai la main.

Je la photographie avec mon téléphone, puis dépose une bise sonore sur sa joue.

— Merci. Je te revaudrai ça.

Elle ignore à quel point je suis soulagée. Demain, je ne serai pas seule pour affronter Axel Teissier, si je me retrouve face à lui, une éventualité que je redoute. Rien qu'à l'idée de le revoir, mon rythme cardiaque fait de folles embardées, sans parler de cette chaleur inconvenante qui s'allume dans mon bas-ventre quand je repense à nos baisers.

Lui doit m'avoir oubliée depuis quatre jours. Sinon, il m'aurait appelée pour s'excuser de son inqualifiable conduite envers moi. Embrasser sa patiente… à domicile en plus… Il est dingue, ce type, c'est certain. Et moi, tout autant de l'avoir laissé faire.

# Chapitre 18

## *Clémentine*

Je sors de la cabine de radiologie et rejoins Solène en salle d'attente. Elle pianote sur son smartphone, la mine renfrognée.

— Ma mère a monté son étagère Ikea et elle se retrouve avec quatre vis en trop... C'est la panique à bord, elle va me faire un infarctus si je ne vole pas à sa rescousse dès ce soir !

Je m'assois à ses côtés.

— Elle est trop exigeante avec toi ! Comment fera-t-elle le jour où tu auras une vie de famille ?

— Ce n'est pas demain la veille, rétorque Solène.

Elle indique la pendule murale.

— Je vais être obligée de t'abandonner. Il est quinze heures trente passées, le coiffeur ne va pas m'attendre.

Je sursaute.

— Mais tu avais promis de rester pendant la consultation orthopédique !

Solène m'adresse un regard amusé.

— Tu as une fêlure de la cheville, ma belle, pas un cancer ! Pourquoi tu flippes comme ça ?

Question intéressante.

— Heu, je ne sais pas.

Elle me tapote amicalement le genou.

— Je patiente encore dix minutes et, après, je me sauve.

Une jeune femme portant un badge d'externe entre dans la salle.

— Madame Ohayon, s'il vous plaît ?

Je me lève prestement, à deux doigts de me mettre au garde-à-vous.

— Veuillez me suivre, dit-elle.

— Tu viens, Solène ? fais-je d'un ton suppliant.

Mon amie soupire.

— T'as de la chance que ma coiffeuse ne prenne jamais à l'heure, maugrée-t-elle.

La jeune fille nous emmène jusqu'au service d'orthopédie. Elle nous conduit dans une pièce similaire à celle où j'avais échoué une semaine plus tôt, comportant un lit d'examen et un ordinateur.

L'externe charge les clichés de ma cheville à l'écran et les observe.

— Cela me paraît bien, juge-t-elle.

Je m'installe sur la couchette.

— C'est vous qui faites la visite de contrôle ? interrogé-je avec espoir.

— Non, c'est le docteur Teissier. Mais il m'a demandé d'assister à la consultation. Je suis en formation.

Je souris machinalement, par politesse. En moi se fissure pourtant un organe que je ne saurais nommer, car il n'est pas répertorié dans les manuels d'anatomie : le viscère de la fierté ? Celui de la colère ?

Ainsi, Axel a fait en sorte de ne pas être seul avec moi pour cette entrevue. Quelle lâcheté ! Ou prétention. Craignait-il que je lui saute au cou comme une groupie hystérique ?

Solène attire mon attention en tapotant l'écran de sa montre.

— Il faut que j'y aille. Tu as cette jeune femme pour te tenir compagnie, tu n'as pas besoin de moi.

Je hausse les épaules.

— D'accord.

Elle m'embrasse sur la joue.

— On se donne rendez-vous le trente et un ? Tu verras, avec la tenue que nous avons choisie, ton fiancé va être subjugué !

Après son départ, l'externe me demande comment je me suis fracturé la cheville, compatit à mon malheur, mais assure que je n'aurai sans doute aucune séquelle.

Plus les minutes passent, plus mes mains deviennent moites.

— Je suis obligée d'attendre le médecin ? lâché-je soudain. Je sais que tout va bien et vous me le confirmez, ça suffit, non ?

La porte s'ouvre au même moment.

Je baisse la tête en un réflexe d'autruche qui chercherait un trou où l'enfouir. Puis je songe qu'Axel a réquisitionné la présence d'une étudiante pour être certain que ce rendez-vous reste strictement professionnel. Cette idée me pousse à relever le menton dans une attitude de défi.

— C'est Mme Ohayon, annonce la jeune fille en se mettant en retrait contre le mur. Fissure de la malléole droite externe non déplacée, contrôle à J7.

— OK. Bonjour, mademoiselle Ohayon.

Sans me regarder, Axel me tend la main. Je la serre rapidement, espérant qu'il ne sente pas l'humidité dans ma paume. Il se tourne aussitôt vers l'écran pour étudier mes radios.

— Comment allez-vous depuis une semaine ? s'enquiert-il.

Sa froideur est humiliante, comme l'est ce retour au vouvoiement. Me déteste-t-il à ce point-là ?

— Je vais parfaitement bien, je *vous* remercie, dis-je d'un ton sec. Je me suis bien habituée à cette botte, finalement.

Il reste de dos.

— Le trait de fracture est bien sûr encore visible, mais il n'y a pas eu de déplacement, continue-t-il avec un sérieux qui rendrait jaloux un croque-mort.

— Quelle bonne nouvelle ! raillé-je. Je finis l'année dans la joie, alors !

Je tressaille quand le bip de l'externe retentit. Elle le sort de sa poche et grimace.

— On m'appelle en renfort pour la régulation, aux urgences. Désolée, Axel.

Elle semble déçue de partir et lance à son supérieur une œillade langoureuse. La pauvre, elle doit être amoureuse de lui.

Axel fait défiler les images de ma cheville à toute vitesse, à se demander s'il les regarde réellement.

Il ébauche un geste fataliste à l'adresse de l'étudiante.

— Bon… eh bien, file, Auriane. On se voit plus tard.

La jeune fille me salue d'un sourire et quitte la salle.

Silence. Double silence. Mortel silence.

Je croise les bras sur ma poitrine, ce qui me permettra de retenir mon cœur au cas où il jaillirait de ma cage thoracique à force de battre la chamade.

Axel se retourne enfin.

— Je dois t'examiner, dit-il d'un ton morne.

Je me redresse.

— Tu n'es pas obligé, si ?

Il fait semblant de ne pas avoir entendu et soulève ses manches. Il se place au bout du lit.

— Tu peux enlever ta chaussette ?

Je m'exécute avec des gestes brusques. Je voudrais me téléporter et me retrouver à mille lieues d'ici et dans la foulée, perdre la mémoire concernant la dernière semaine de ma vie.

Ses doigts tièdes se posent sur ma cheville. Je fixe la porte avec un intérêt démesuré tandis qu'il manipule mon articulation.

— L'hématome s'est complètement résorbé, remarque-t-il.

Je rosis en comprenant qu'il évoque la soirée où je l'ai appelé en catastrophe. J'ai l'impression que cela fait un siècle, alors que seulement six jours se sont écoulés. Ébranlée, je m'aperçois que le temps m'a paru long.

— Tu as encore mal ? interroge-t-il.

Je tourne la tête vers lui et réponds « non » du bout des lèvres. Nos yeux se rencontrent enfin. Nous nous dévisageons quelques secondes sans parler, confrontés à ce face-à-face que nous voulions tous deux éviter.

— Tu vas bien, Clémentine ? reprend alors Axel.

Comme par magie, son timbre de voix a retrouvé sa chaleur et ses traits crispés se détendent. C'est le retour de mon Superman des fruits et légumes.

— On fait aller, croassé-je.

Il se remet à tripoter ma cheville avec des gestes doux.

— Et toi... Tu as passé un joyeux Noël ? questionné-je avec timidité.

Il soupire.

— Si on veut...

Il vient s'asseoir près de moi sur le lit. Je peux voir ses longs cils noirs, les cernes de fatigue sous ses paupières et je sens son parfum d'Eau d'Issey. Troublée par cette promiscuité, je feins d'avoir une quinte de toux digne de la Dame aux camélias.

Axel attend patiemment que je recouvre mon souffle.

— Et toi, ton déjeuner de Noël ? fait-il.

Il esquisse un sourire taquin et je souris à mon tour. Je décroise les bras pour me rehausser contre le dossier.

— Bof. Repas un peu lourd en famille.

Mon regard se braque sur ses lèvres pleines et ne parvient pas à s'en détacher.

Je dois garder le contrôle. Paraître cool.

— Cela fait plaisir de vous revoir, docteur Teissier.

Axel me considère d'un air grave.

— Je suis désolé, pour l'autre fois chez toi.

Je réfléchis.

— Tu veux dire que tu regrettes de m'avoir embrassée ?

Je prends conscience du peu d'espace qu'il y a entre nos deux visages et mon estomac se tord en un nœud marin si complexe que je crains de ne plus jamais manger normalement.

Ma question semble d'abord déstabiliser Axel, avant de l'amuser.

— Et toi, tu regrettes de m'avoir allumé ?

Je tressaille.

— Quoi ?

J'envoie un coup de poing rageur contre son torse.

— Je ne t'ai pas allumé ! dis-je en essayant de ne pas rire. C'est toi qui as profité de ma fragilité.

— Vraiment ? rétorque-t-il.

Il se rapproche encore et m'observe avec l'attention d'un entomologiste.

— Et aujourd'hui, tu es fragile ? demande-t-il dans un souffle.

Je me fige, tel le lièvre pris dans le faisceau des phares d'une voiture.

Axel se penche et ses lèvres effleurent les miennes. Je devrais me dire que ce baiser de papillon est juste amical et complice, qu'il n'engage à rien, mais je n'y arrive pas. Mes bras entourent le cou de l'interne et je me blottis contre lui, incapable de lutter contre l'attraction qu'il exerce sur moi.

— J'ai beaucoup pensé à toi, confie-t-il à mon oreille.

— Moi aussi, avoué-je.

Il embrasse le bout de mon nez et me contemple avec une tendresse qui menace de me métamorphoser en chamallow.

— Pourtant, tu ne voulais pas que nous soyons seuls aujourd'hui, noté-je. Tu avais demandé à l'externe d'être présente.

Axel me lâche et s'éloigne un peu.

— C'est parce que je perds les pédales quand je suis en face de toi. La preuve.

Je lui pince gentiment le flanc.

— J'aime bien l'idée de te faire perdre les pédales.

Nous nous sourions et, là, en cet instant précis, je me sens parfaitement heureuse. Des voix et rires résonnent dans le couloir, derrière la porte. Je prie pour que personne ne frappe ou ne cherche à entrer.

— Arrête de me regarder de cette façon, intime Axel.

— Je te regarde comment ?

Je me retrouve dans ses bras et, cette fois, c'est moi qui capture sa bouche.

— Clémentine, marmonne Axel. On ne se connaît même pas.

— Je te connais, tu es mon orthopédiste ! rétorqué-je en pouffant.

Ses joues mal rasées irritent ma peau, mais j'adore ça. Telle une amazone en pleine montée hormonale, je suçote sa lèvre inférieure avec gourmandise.

— Arrête ! supplie-t-il d'une voix rauque. Je vais être obligé d'aller verrouiller la porte.

— Et on ferait quoi, une fois la porte fermée ? minaudé-je avec l'innocence d'une adolescente élevée chez les quakers.

J'ai conscience de jouer avec le feu, mais c'est plus fort que moi. D'ailleurs, j'ignore où est passé mon « moi ».

Axel esquisse un sourire de prédateur.

— On pourrait finir ce qu'on avait commencé chez toi, par exemple.

L'aiguille de température de mon thermostat interne entre en zone rouge.

— Chiche, soufflé-je.

Il se lève et va tourner le verrou de la porte. Il revient en ôtant sa blouse qu'il jette sur la chaise. Mon sang se met à bouillir à la vue de son torse nu, fin et musclé.

Me découvrant une audace insoupçonnée, je retire mon pull en cachemire sous lequel je porte un body noir. Axel actionne une poignée qui abaisse le dossier du lit afin de m'allonger.

— Tu me fais une place ?

Je me décale vers le mur. Il s'installe contre moi, sur le côté. L'inconfort de cette couche trop peu large nous arrache des gloussements de collégiens.

— Ces lits sont mal étudiés, fais-je en lui faisant face.

— Ils ne sont pas prévus pour deux, répond-il.

— Tu les as déjà testés dans ces conditions ?

Il dénoue mon chignon pendant que j'apprécie la fermeté de ses pectoraux d'un doigt timide.

— Durant mon externat, il m'est arrivé de jouer au docteur avec des copines de promo, admet-il d'une voix rieuse.

Je repousse la petite pointe de jalousie qui voudrait assombrir ma bonne humeur.

Axel suit de l'index les dessins de dentelle qui recouvrent ma poitrine. Je sens mes mamelons se dresser et je rougis de gêne autant que de plaisir.

— Et toi, tu as déjà séduit un homme dans des lieux originaux ? Ascenseur… cabine d'essayage ?

Je toussote pour cacher mon embarras.

— Je ne suis pas une grande séductrice, tu sais.

Il embrasse mon épaule.

— Je ne te crois pas. Les mecs doivent se rouler à tes pieds.

Il descend mon body jusqu'à la taille. Ma respiration s'accélère quand sa paume emprisonne mon sein droit et le caresse du pouce.

— Je n'ai pas… tant de succès… que ça, bredouillé-je. En fait, tu es le premier à… à me donner envie d'être folle.

Sa main s'envole pour atterrir sur les boutons de mon jean. Il les défait l'un après l'autre.

— J'aime bien l'idée de pouvoir te rendre folle, lâche-t-il d'un ton rauque.

Je lis dans ses iris noirs un désir brut qui me bouleverse. Nous nous fixons sans plus parler.

Je soulève le bassin pour l'aider à baisser mon pantalon le long de mes hanches. Ses doigts se promènent un long moment sur mes cuisses, remontent vers ma culotte, puis se faufilent à l'intérieur. Je ferme les yeux, submergée par un afflux de sensations affolantes. Un index habile masse délicatement mon clitoris, tourne autour de lui et le caresse encore, ce qui est délicieux. Je gémis et perds la notion du temps, espérant que ces attouchements ne finissent jamais. L'exploration devient alors plus audacieuse, encouragée par mon intimité trempée. Mon excitation est si forte qu'elle anéantit les dernières barrières de ma pudeur. Je n'ai jamais ressenti un éveil des sens aussi puissant et c'est... tellement bon !

Les doigts d'Axel effectuent maintenant de lents va-et-vient en moi, puis accélèrent le rythme. Nos langues se mélangent passionnément tandis que des ondes de plaisir parcourent mon corps. Et soudain, j'atteins le haut d'une vague qui m'offre un monde lumineux et électrique. Mon bas-ventre explose, m'arrachant un râle d'extase.

Haletante, je m'applique à garder les yeux fermés pour prolonger cet instant magique.

Je perçois le regard d'Axel posé sur moi.

— Ça va ? murmure-t-il avec sollicitude.

Je relève les paupières et lui souris avec reconnaissance.

— Oui, très bien.

Pour la première fois de mon existence, j'ai eu un orgasme grâce à un homme. Évidemment, il m'est déjà arrivé de me caresser afin de m'apporter du plaisir, mais cet assouvissement des sens n'a jamais été comparable à ce que je viens de ressentir.

Je pose ma main contre la virilité d'Axel, dressée et dure comme du bois sous son pantalon de toile blanc. Un peu maladroitement, j'entreprends de masser l'organe que j'imagine imposant, m'autorisant à peine à m'avouer que je suis toute disposée à le goûter avec ma langue.

— Arrête, intime-t-il. Je ne veux pas jouir comme ça.

Il attrape mon poignet et noue ses doigts aux miens.

— Je veux un vrai lit, une vraie nuit... avec toi.

Ayant encore un pied dans le monde merveilleux que je viens de visiter, j'émets le rire d'une gourgandine décérébrée.

— Une seule nuit... C'est tout ?

C'est à ce moment-là que les yeux d'Axel se posent sur le diamant serti sur ma bague de fiançailles.

Il quitte la couchette à toute vitesse, attrape sa blouse qu'il enfile et boutonne avec des gestes saccadés, tout cela sans me regarder.

Je me rhabille également, la gorge serrée. Je me rends compte de ce qui vient de se passer sur ce lit et la honte me submerge.

À nouveau, le silence entre nous est d'une lourdeur qui pourrait se découper en tranches.

Axel va se laver les mains au lavabo, les essuie consciencieusement avec un papier, puis se recoiffe en passant les doigts dans ses cheveux.

Il daigne enfin se tourner vers moi.

— C'est une bague de fiançailles que tu portes ? Un gros caillou comme celui-là ne peut être qu'un signe sérieux d'engagement.

Son ton est si coupant que je souris niaisement. Ce doit être nerveux.

— Heu... oui, on peut dire ça.

— On peut dire ça ? cingle Axel.

Je m'assois sur le lit et fixe le sol. Je n'en mène pas large et me demande comment on peut passer de l'orgasme à la mortification en si peu de temps.

Je décide toutefois de relever la tête.

— Cyril veut m'épouser, lancé-je à voix basse.

Axel croise les bras sur sa poitrine et me dévisage sans ciller.

— Super. Je suppose que tu as répondu « oui » ?

J'opine du menton.

— Félicitations, mademoiselle Ohayon.

Ses mâchoires se contractent et il ébauche un rictus déplaisant.

— Ton futur mari se doute-t-il que sa fiancée est capable d'écarter les jambes à tout moment pour un autre homme que lui ?

Le coup me frappe plus rudement qu'une gifle n'aurait pu le faire.

Je ravale un hoquet et enfile ma botte de contention avant de me mettre sur pied.

— Et ta copine sait-elle que tu es du genre à emballer tes patientes potentiellement baisables, ainsi que les jeunes externes qui bavent face à toi comme des gamines devant un cône ?

Axel sursaute.

— Devant un cône ? répète-t-il d'un air ahuri.

Je hausse les épaules et essaie de refouler mes larmes.

— Oui ! Un cône… à la vanille ou à la pistache, avec des pépites au chocolat dessus… une glace, quoi ! Merde !

Nos yeux se croisent et, soudain, un fou rire nous prend par surprise. Je suis pourtant en colère et, lui, je crois, très énervé contre moi. C'est peut-être le trop-plein de cette tension entre nous qui déborde, se traduisant par une hilarité qui a le mérite de réchauffer l'atmosphère.

Axel finit par secouer la tête avec une sorte de désespoir.

— Tu es exaspérante, Clémentine. En fait, je ne te supporte pas.

C'est à mon tour de croiser les bras sur ma poitrine et d'afficher une mine sévère.

— Tu imagines quoi ? Moi non plus, je ne te supporte pas. Je suis là par obligation et, pour ta gouverne, j'avais demandé à mon amie Solène d'assister à cette consultation parce que je ne voulais pas me retrouver seule face à toi.

Axel ébauche une grimace amusée. Son bip tinte dans sa poche. Il le sort afin de lire le numéro affiché puis le remet dans sa blouse.

— Avoue que ta copine se serait sentie de trop sur cette banquette, non ?

Je lutte pour ne pas sourire et mon cœur se fendille. Cet individu est trop craquant, il devrait être interdit d'exercer un métier en relation avec le public. Le muter à perpétuité dans un sous-sol devant un microscope, sans aucune relation avec l'extérieur, me semblerait une bonne solution pour la sérénité de la gent féminine.

Je racle ma gorge.

— Je plains ta fiancée. Jamais je ne pourrais faire ma vie avec toi. Tu as trop d'occasions de la tromper.

Axel hausse les épaules.

— Tu ne vas sans doute pas me croire, mais je n'avais jamais été infidèle à Lisa jusqu'à… toi.

Cette révélation me trouble tellement que je mets un certain temps à réagir.

— Figure-toi que, moi non plus, je n'étais jamais allé avec quelqu'un d'autre que mon fiancé, avant de te rencontrer.

Je me demande à quoi peuvent bien nous avancer ces aveux. Et si je suis sincère, rien ne me prouve qu'Axel l'est aussi.

— Je suppose que je suis un peu perturbé en ce moment, reprend-il.

Il me regarde droit dans les yeux.

— Je vais avoir un bébé.

Sonnée, je saisis machinalement mon sac sur la chaise, cale la lanière sur mon épaule tout en avalant plusieurs fois ma salive.

— À mon tour de te féliciter, fais-je d'un ton cassant.

Je m'étonne de rester digne alors que j'ai l'impression d'avoir reçu un quinze tonnes en pleine face.

— Sinon, je dois réellement garder cette attelle encore six semaines, docteur ? C'est que j'ai un mariage à préparer, moi… Ce n'est certainement pas aussi exaltant que de choisir de la layette et un lit à barreaux, mais, bon, je vais quand même être occupée.

Axel tend le bras vers moi, mais je recule.

— Ne me touche plus. Plus jamais.

Il sourit sans joie.

— Je comprends.

Non. Il ne comprend pas, pour la bonne raison que moi-même je ne sais pas pourquoi je me sens si malheureuse.

Il consulte sa montre et je songe que ce geste est insupportable.

— Je dois retourner travailler. Ta botte, tu la gardes encore quatre semaines sérieusement et tu reviendras faire une visite de contrôle ici. On avisera et on te prescrira des séances de kiné.

Il hésite.

— Je dirai à un collègue de reprendre ton dossier, je pense que c'est mieux.

Je hoche la tête, incapable de répondre.

Nous échangeons un dernier regard.

— Dans une autre vie, cela aurait peut-être pu marcher entre nous, lâche soudain Axel.

Je refuse de me laisser entraîner sur ce terrain-là. Je suis furieuse et pressée de quitter cet hôpital au plus vite pour retrouver le contrôle de mes émotions.

— Non, Axel, toi et moi, cela n'aurait jamais pu coller. J'ai besoin d'un homme sur qui je puisse compter, quelqu'un de disponible et de fidèle, qui puisse m'emmener en voyage au bout de la terre sans avoir à interroger sa montre ou son bip toutes les cinq minutes.

Je lève la main et indique le solitaire prétentieux qui orne mon annulaire.

— Tu vois ce diamant, tu crois que tu pourrais m'en offrir un de cette taille ?

Devant son silence, je souris avec une suffisance que je suis à mille lieues de ressentir. En vérité, je me dégoûte de tenir un tel discours, mais les mots sortent de ma bouche sans que je parvienne à les retenir. Je veux blesser ce type qui a le pouvoir de bouleverser ma petite vie tranquille.

— Il me faut un compagnon comme Cyril, avec mes valeurs et ma vision du monde. Tu n'as pas le profil.

Les traits d'Axel se rembrunissent.

— OK, en effet, nous ne sommes pas du même monde. De toute façon, peu importe.

Il se dirige vers la porte et la déverrouille.

— Au revoir, Clémentine. Sois heureuse.

Je boitille jusqu'à lui, envisage de le contempler une dernière fois, mais je n'en trouve pas le courage.

— Salut, docteur. Tu feras sans doute un bon papa.

Pourquoi ai-je dit ça ? Pourquoi est-ce si douloureux d'imaginer cet homme avec un nourrisson dans les bras ?

— Merci, répond-il.

Je détale aussi vite que le permet mon handicap, heurte de plein fouet un gars en tenue verte. Il me rattrape in extremis par les coudes tandis que je chancelle.

— Oh là, ça va, mademoiselle ?

À travers ma vue brouillée de larmes, je perçois un visage avenant, des yeux clairs derrière des lunettes et une bouille ronde.

— Oui, pardon…

Je continue ma route dans le couloir. Derrière moi, j'entends l'homme lancer :

— Eh, mister Teissier, tu foutais quoi ? J'ai un fémur fracassé à te montrer, j'ai besoin de ton avis. Il déconne ton bip ou quoi ?

— J'arrive, Fabien, répond la voix d'Axel. J'étais occupé à boucler un dossier.

Il était occupé à boucler un dossier ?

Je ricane en reniflant et gagne la sortie avec la célérité d'un lapin poursuivi par un troupeau de chiens de chasse.

Je hais définitivement cet hôpital et son personnel soignant vulgaire et irrespectueux envers les patients.

La prochaine fois que je me romps un os, j'irai directement consulter un rebouteux. Il n'aura certes pas le diplôme de médecin, mais je m'en tirerai certainement avec moins de séquelles qu'aujourd'hui.

Car, objectivement, je me sens brisée à l'intérieur.

Et je n'ai jamais eu aussi mal de ma vie.

# Chapitre 19

## *Axel*

Je sors de la salle d'opération, quitte ma tenue de chirurgien et vais me doucher.

Il est dix-neuf heures, j'ai rendez-vous avec Fabien pour boire un verre en ville. Bénédicte fait une soirée filles chez eux avec des copines, en vue d'organiser le repas du réveillon du jour de l'an, où nous ne serons ni l'un ni l'autre puisque nous sommes tous les deux de garde.

Je conduis jusqu'au centre-ville comme un automate, me gare sous le parking de la préfecture et me dirige vers l'Antidote, un bar sympa situé sur une placette bordée d'arbres, dans le vieux quartier de Montpellier.

Fabien est déjà là, installé dehors sous le barnum devant une chope de bière. Il pianote sur son téléphone.

Je me hisse à ses côtés sur une chaise haute, apprécie la présence des pyramides chauffantes qui permettraient presque d'ôter les manteaux.

Fabien repose son portable et croise les bras sur sa poitrine pour m'observer attentivement.

Je reste muet, commande un demi à la serveuse et sors le paquet de Marlboro que je viens d'acheter.

— Tu déconnes, là ! s'exclame Fabien. Tu ne vas pas te remettre à fumer ?

Je le regarde d'un air narquois et allume une clope avec des gestes lents. La première inspiration me paraît extrêmement savoureuse et me ramène à mon époque estudiantine, quand mon existence se résumait à potasser les cours la journée et sortir faire la fête le soir. Une vague de nostalgie m'envahit aussitôt, ce qui ne va pas aider mon humeur à s'améliorer.

— Tu m'expliques ? s'enquiert Fabien.

J'esquisse un sourire moqueur.

— Oui. Ceci est une cigarette. C'est un judicieux concentré de nicotine, goudrons, hydrocarbures et j'en passe… de quoi se fabriquer un bon petit cancer de la gorge ou du poumon.

Fabien ricane et redresse ses lunettes.

— Tu as des nouvelles de Lisa ?

Je secoue la tête et trempe les lèvres dans la mousse amère qui vient de m'être servie.

Fabien fait de même, sans cesser de m'examiner, ce qui commence à m'irriter.

— On parle d'autre chose ? proposé-je d'un ton sec.

— Si tu veux, rétorque mon vis-à-vis. Pourquoi pas de cette magnifique jeune femme que j'ai bousculée en milieu d'après-midi, qui semblait bouleversée par son entrevue avec toi dans le box de consultation ?

Je tire sur ma cigarette avec rage. C'est l'inconvénient d'avoir un bon pote depuis des années. Il possède une prescience à notre sujet à force de nous côtoyer trop souvent.

— C'est elle, lâché-je de mauvaise grâce.

Fabien se penche vers moi.

— C'est elle, quoi ? C'est la fille que tu t'es tapée récemment ?

J'écrase mon mégot dans le cendrier et ingurgite la moitié de mon verre.

— Je ne me la suis pas tapée, marmonné-je. Et cela ne risque pas d'arriver.

Je juge inutile de lui relater l'étreinte plus qu'intime vécue avec elle sur le lit d'examen.

— Elle va se marier, précisé-je du bout des lèvres.

Fabien tapote le dessus de ma main.

— *Man*… je peux te dire un truc ?

Je hausse les épaules pour marquer mon indifférence.

Mon pote se cale contre le dossier de la chaise et sourit.

— Je ne t'ai jamais vu comme ça.

Comme je ne réagis pas, il continue.

— Deux solutions : l'idée de t'engager avec Lisa te traumatise tant que tu nous fais un pétage de plombs en règle, genre remise en question totale. Par conséquent, n'importe quelle nana bien gaulée qui croise ta route te semble attirante.

Il regarde passer un groupe d'étudiantes sur la place et ne se prive pas d'apprécier leurs fessiers moulés dans des jeans serrés.

— Sans compter que tu sais maintenant que Lisa est enceinte. Y a de quoi flipper sa race quand on n'a pas prévu le truc.

Il s'arrête et plisse les paupières. Son silence finit par m'inquiéter.

— Et c'est quoi, la deuxième solution, grand chaman ?

Ses yeux rieurs se reposent sur moi.

— Ou alors, nous avons affaire à « the » coup de foudre avec ta jolie patiente. Et là, mon poteau, t'es cuit, surtout si elle a l'intention de se marier.

Il ricane.

— À mon avis, cette seconde hypothèse expliquerait mieux ta gueule de déterré et ta nervosité.

J'allume une autre Marlboro.

— Je ne suis pas nerveux, fais-je en constatant que mes doigts tremblent sur la molette.

— Tu *es* nerveux, riposte Fabien.

Il saisit le paquet de cigarettes et inspecte les alentours comme s'il craignait de voir débarquer sa femme.

— Et puis merde !

Il sort une tige et attrape le briquet que je lui tends.

Je le regarde inhaler et recracher la fumée et ne peux m'empêcher de sourire devant son expression béate.

— Putain que c'est bon, dit-il. Dommage que ce soit du cercueil en barre !

Nous restons un moment silencieux, finissant notre bière et tétant avidement nos cigarettes, tels des ados à leur première boum.

Je me détends imperceptiblement. J'ai trente et un ans, je vais devenir chirurgien orthopédique et je vais être papa. Il y a pire comme situation.

Je lève le bras pour commander une autre tournée et enlève mon blouson de cuir.

— Je pense que Lisa acceptera de m'épouser, si je le lui demande. Il y a le bébé, maintenant.

Je grimace en prononçant les derniers mots. Il n'y a pas à dire, ce titre potentiel de père est difficile à appréhender.

Je soupire.

— Lisa est conventionnelle et je crois qu'elle m'aime. Elle ne tient certainement pas à ce que nous nous séparions.

Fabien siffle entre ses dents.

— « Je crois que Lisa m'aime », me singe-t-il en prenant une voix de fausset.

Il tend son index vers moi.

— Mais, toi, gros balourd, l'aimes-tu au point de vouloir lui donner ton nom ?

Je détourne le regard sans répondre.

Fabien soupire et passe la main sur son front qui se dégarnit déjà, atavisme familial.

— Tu sais, Axel, la vie à deux, même quand on s'adore, n'est pas facile tous les jours, quoi qu'on en dise. Alors je ne te raconte même pas quand il y a un mouflet qui se greffe au couple.

Je fronce les sourcils et le dévisage, étonné. C'est pourtant lui qui ne cesse de me vanter les mérites d'une famille avec enfant.

— Tout va bien pour toi ? lui demandé-je, un peu inquiet.

Fabien éclate de rire.

— Tranquille, ça roule impec ! Mais je mentirais en t'affirmant que c'est la mélodie du bonheur tous les jours.

Cet aveu m'arrache un sourire attristé.

— En gros, tu penses que je cours au clash avec Lisa si, dès le début, j'hésite à m'engager par manque de motivation ?

Fabien tape dans ses mains.

— Bingo ! Ce n'est pas moi qui le dis, c'est toi !

Il redevient sérieux.

— Prends le temps de la réflexion, mon ami. C'est juste mon conseil.

Il cligne de l'œil.

— Et si ta belle métisse t'attire autant, pourquoi ne pas creuser le sujet ? Elle ne me semble pas très farouche pour une femme qui va se marier, si elle a envie de tirer un coup avec toi, pourquoi t'en priver ?

La façon dont il dépeint Clémentine me déplaît. Certes, je lui ai moi-même adressé des propos désobligeants cet après-midi, mais c'était sous le coup de la colère. En réalité, je n'arrive pas à me persuader qu'elle puisse être une fille facile dénuée de sens moral.

— Si tu ne concrétises pas avec cette meuf, tu vas te l'ancrer dans le crâne comme un fantasme, et cela ne va pas t'aider à savoir ce que tu veux réellement faire avec Lisa, continue Fabien.

Je secoue la tête.

— Pas sûr que ce conseil soit judicieux. Si je revois Clémentine et que nous avons une relation, je m'imagine mal demander à Lisa de m'épouser dans la foulée. Tu me prends pour un vrai salopard ou quoi ?

Fabien jubile.

— Elle s'appelle Clémentine ? Oh, c'est trop mignon !

Je lève les yeux au ciel.

— Et tu as envie de la peler, la jolie Clémentine, n'est-ce pas ? continue mon stupide ami. Quartier après quartier, tu veux la goûter, la sucer même ?

— Ferme-la, ton humour est consternant ! ordonné-je en essayant de me montrer sévère.

Je n'y parviens pas et finis par m'esclaffer bêtement. Fabien est parti dans son délire, redevenant l'étudiant en médecine ingérable qu'il fut quelques années auparavant. Je devine que la soirée va virer en beuverie de débauchés et que nous échouerons tous les deux dans mon appartement au petit matin afin de cuver notre alcool, lui ronflant sur mon canapé, moi affalé sur mon lit.

Ce programme me convient très bien. J'ai besoin de décompresser, de picoler pour oublier mes emmerdes. Rien de tel qu'une sortie entre hommes pour retrouver le moral.

Tant pis pour la gueule de bois qui m'attend demain.

# Chapitre 20

## *Axel*

Après un litre de café noir et deux Doliprane, j'essaie vainement de lire un article sur l'IRM du genou, assis à mon bureau. Fabien vient de quitter mon appartement d'un pas traînant, après avoir vomi trois ou quatre fois dans mes toilettes. Je gage que Bénédicte va lui passer un savon mémorable à son retour au bercail et je n'aimerais pas être à sa place, d'autant qu'il est de garde à partir de quatorze heures.

Pour ma part, je ne travaille pas avant demain matin, le trente et un décembre. J'ai le temps de me remettre de notre nuit quasiment blanche.

Mon portable sonne. Je fronce les sourcils en découvrant le nom de mon interlocutrice. Il s'agit de Manuelle, la directrice de la résidence où vit tante Angèle.

— Oui ?

— Excusez-moi de vous déranger, Axel, mais votre tata a une rage de dents terrible et se plaint depuis ce matin six heures. Je lui ai donné un antalgique sur le conseil de l'infirmière, mais cela semble s'aggraver. Je crois qu'elle a de la fièvre et n'a pas réussi à manger sa tartine ni même à avaler un café.

Je soupire et ferme les yeux pour tenter de rassembler mes idées.

— OK, j'arrive.

La perspective de devoir conduire me file déjà la nausée et j'espère ne pas être arrêté par la police. Si je dois souffler dans un alcootest, je vais le faire virer aux couleurs de l'arc-en-ciel, mais ce ne sera pas pour rejoindre le pays des Bisounours.

Je me force à prendre une douche presque froide afin de doper mon corps léthargique, puis enfile un jean et un sweat qui me paraissent à peu près propres.

Une demi-heure plus tard, je rentre chez Angèle après avoir frappé à la porte.

Assise dans son canapé face à la télévision, elle ne réagit pas à mon arrivée.

— Angie ?

Je m'approche et mon cœur se serre en la voyant pleurer en silence, la main plaquée contre sa joue droite enflée.

Je m'installe près d'elle et entoure d'un bras ses frêles épaules.

— Et alors, tata, ça ne va pas ?

Elle consent à me regarder et tente d'esquisser un sourire.

— Tu m'as apporté des gâteaux ?

Je me mords les lèvres et feins d'être consterné.

— Non, j'irai en acheter plus tard, promis.

Son attention repart vers le téléviseur qui diffuse une émission sur des ventes aux enchères.

— Je vais t'emmener chez un docteur, fais-je en sortant la liste que Manuelle m'a préparée.

Il existe pas mal de cabinets dentaires à Castelnau-le-Lez, mais je ne suis pas sûr de dénicher un praticien décidé à prendre une patiente en urgence une veille de réveillon, si tant est que je parvienne à en trouver un qui ne soit pas en vacances. Il y a toujours le recours possible aux gardes médicales à l'hôpital, mais je risque de tomber sur un interne incompétent en la matière. Il opterait comme moi pour une mise sous antibiothérapie et paracétamol, sans savoir ce qu'il faut faire d'autre.

Je consulte la liste tout en surveillant Angie du coin de l'œil. Je n'aime pas son attitude absente alors que les larmes coulent sur ses joues sans discontinuer.

Un nom retient mon attention et je serre involontairement les mâchoires : Gérard Ohayon.

Ce n'est pas les Ohayon qui manquent dans la région, ce praticien n'a vraisemblablement aucun rapport avec Clémentine. Pourtant, dans le doute, je décide de commencer par joindre les cinq autres numéros de la liste.

Je fais cinq fois chou blanc, ce qui m'amène à ricaner bêtement. Il est dit que cette journée sera longue, aussi bien pour moi que pour la pauvre Angèle qui souffre en silence.

Quand je me résous à appeler le cabinet du Dr Ohayon, une secrétaire aimable me répond aussitôt.

— Oui, le docteur Ohayon consulte jusqu'à ce soir. Oui, il peut recevoir votre tante d'ici une heure, vu que son carnet de rendez-vous est plutôt vide en cette période de vacances.

Je remercie mon interlocutrice et aide Angèle à quitter son canapé. Elle râle quand je lui enfile son manteau.

— Mais où tu m'emmènes, je n'ai pas envie d'aller me promener.

Je la serre dans mes bras.

— Calme-toi. Tu as un abcès dentaire, tu dois voir un médecin en urgence.

— Mais non, j'ai juste mangé une pistache et elle s'est coincée dans ma gencive. C'était hier, à ce repas de bienfaisance pour les victimes du Typhon. Tu y étais ?

Je ne cherche pas à la contredire. Elle me parle d'un événement qui a dû se dérouler des années plus tôt.

— Alors on va ôter cette pistache et tu seras soignée.

Elle lève les yeux et me contemple avec suspicion.

— Dis donc, tu es fatigué, toi. Tu as dormi cette nuit ?

Je ris.

— Non, pas beaucoup. Ça se voit tant que ça ?

Elle pouffe à son tour, pose aussitôt sa main sur sa joue en grimaçant.

— Allez, tata, on y va !

En passant devant l'accueil, Angèle daigne saluer de la tête deux résidentes que nous croisons, qui doivent avoir son âge. Elle saisit mon bras d'un geste possessif.

— Mon fiancé m'amène en balade, lâche-t-elle très sérieusement.

Je souris et cligne de l'œil en direction de Manuelle postée derrière le comptoir.

— Quelle chance ! fait celle-ci. J'aimerais bien être à votre place, Angèle.

Je m'abstiens de répondre à ce commentaire agrémenté d'un regard appuyé, par crainte d'en dire trop ou pas assez. Les femmes me semblent toutes dangereuses, ces temps-ci.

Une fois garé sur le petit parking dédié aux patients du chirurgien-dentiste, j'extrais de la voiture une Angèle plutôt récalcitrante.

La secrétaire, une cinquantenaire tirée à quatre épingles, nous reçoit avec un gentil sourire.

— Installez-vous en salle d'attente, je vous prie. Le docteur Ohayon va venir vous chercher.

Nous avons à peine le temps de nous asseoir qu'une porte s'ouvre au fond du couloir.

Un homme de haute stature apparaît. Il doit approcher la soixantaine. Très grand, mince aux cheveux blancs bien fournis, il dégage assurance et bienveillance, ce qui me met en confiance. Avec ses yeux clairs et sa peau très blanche, il est peu probable qu'il puisse posséder des gènes africains.

S'il remarque mon inspection attentive un peu déplacée, il n'en laisse rien paraître et nous invite à rentrer dans son cabinet.

Je fais passer Angèle devant moi et retiens un instant le bras du praticien.

— Ma tante est atteinte d'Alzheimer, murmuré-je à son oreille.

— Pas de problème, répond-il sur le même ton.

L'endroit est d'un blanc immaculé, contenant un équipement dentaire qui semble neuf ou parfaitement entretenu. Une porte ouverte donne sur une autre pièce parquetée au fond duquel trône un bureau en acajou qui doit coûter une blinde.

Angèle renâcle quand le praticien lui enjoint de s'allonger sur le fauteuil de soins. Elle me jette un regard affolé.

— Qu'est-ce qu'il me veut, celui-là ?

Le docteur Ohayon sourit.

— Ne vous inquiétez pas, ma petite dame. Je vais simplement examiner vos dents.

— Non, rétorque Angèle d'un ton de fillette butée. Je ne montre pas mes dents à des inconnus.

Elle le toise avec mépris.

— Et je ne vais jamais chez le gynécologue non plus, figurez-vous.

Le praticien émet un gloussement amusé. Il place un masque de protection devant son nez et sa bouche et plaque fermement sa patiente rebelle contre le dossier du fauteuil.

— Ne faites pas l'enfant, madame. Je vais vous soigner, ou bien c'est l'hôpital directement. Vous n'avez pas l'intention de terminer l'année dans un lit, n'est-ce pas ?

Son autorité semble faire impression sur Angèle qui accepte de desserrer ses mâchoires.

Pendant la consultation, je reste debout, les bras croisés. Mon crâne n'est pas encore débarrassé de sa migraine et j'ai une furieuse envie de dormir.

Le dentiste finit par secouer la tête.

— Il y a un abcès sévère sur une molaire très abîmée, dit-il. Je vais devoir l'extraire, ce sera plus simple.

Je hausse les épaules.

— Faites pour le mieux.

Angèle tend la main vers moi.

— Pourquoi tu m'as amenée ici ? Tu veux qu'il me tue ?

Je serre ses doigts fins et me penche sur ses yeux bleus larmoyants.

— Angèle, le docteur va arracher la dent qui te provoque une infection. Est-ce que tu comprends ?

Elle cligne plusieurs fois des paupières, son cerveau semblant s'astreindre à faire le tri entre brumes et réalité.

— D'accord, mais tu restes avec moi pour le surveiller ? Tu sais bien que j'ai peur des toubibs. Ce sont tous des charlatans.

— Sympa ! fais-je en riant.

— À part toi, se reprend Angèle dans un tangible éclair de lucidité.

Le docteur Ohayon m'adresse un coup d'œil affable.

— Vous êtes médecin ?

— Interne en orthopédie, annoncé-je avec une pointe de fierté.

Le dentiste hoche la tête, loin de paraître impressionné par ma spécialité.

— Très bien.

Il indique la porte ouverte sur la pièce adjacente.

— Cela ne me dérange pas que vous restiez, mais vous seriez mieux installé là-bas, je vais en avoir pour un moment.

Ses yeux pétillent au-dessus de son masque.

— Et vous pourrez quand même me surveiller de loin.

J'acquiesce en souriant et pénètre dans l'espace cossu.

Je m'affale dans un fauteuil confortable, face à l'imposant meuble en acajou. Sur les murs sont accrochées des toiles d'un peintre de style abstrait auxquelles je ne comprends rien, mais je ne suis pas expert en la matière. Sur le bureau se trouvent des dossiers et revues empilés avec soin ainsi qu'un ordinateur près duquel est posé un cadre ouvragé. Je ne vois que l'arrière de l'objet, mais je gage qu'il doit contenir une photographie. Mon cœur accélère légèrement sa course et je me surprends à vouloir à tout prix découvrir si ma supposition est juste. La plupart des gens exposent devant leurs yeux un cliché de leurs enfants afin d'égayer leur lieu de travail. Si le hasard faisait de Gérard Ohayon le père de « ma » Clémentine, elle se trouve peut-être sur cette photographie, posant à l'âge de douze ou quatorze ans. Cette idée sentimentale à souhait me fait grimacer de mécontentement envers moi-même. Qu'est-ce qu'il m'arrive ? Serais-je en train de péter une durite, comme me l'a suggéré Fabien ? Je n'ai plus l'intention de revoir Clémentine, alors même si ce dentiste était son père, je devrais n'en avoir rien à cirer. Ce n'est pas à lui que je vais dévoiler mes états d'âme ou raconter que j'ai une folle envie de détrousser sa fille à chacune de nos rencontres.

— Aïe ! râle Angèle, me ramenant au présent.

— Dans cinq minutes, vous ne sentirez plus rien, assure le docteur. On va attendre que l'anesthésie fasse effet.

— Axchel, viench par ichi..., articule ma tante, la main devant la bouche.

Avec la subtilité d'un éléphant dans une verrerie, je sors mon portable de ma poche de jean et l'envoie rouler sous le bureau, espérant que le parquet amortira sa chute.

— Mince, quel idiot ! bougonné-je d'une voix exagérément agacée qui démontre que je n'ai pas raté une vocation d'acteur.

Je fais le tour du meuble et me penche pour ramasser mon mobile.

Dans le même mouvement, je lève les yeux pour découvrir qui se trouve sur la photo.

# Chapitre 21

## *Axel*

— Axchel !!!

— J'arrive !

Je remets mon portable dans ma poche et retourne auprès de ma tante, me sentant stupide et étrangement déprimé.

Le cadre contient un cliché du maître des lieux en posture de swing, sur un terrain de golf. Au temps pour moi !

Je suis vraiment un imbécile. Franchement, si le hasard m'avait placé face au père de Clémentine, cela aurait-il changé quelque chose à la galère existentielle dans laquelle je patauge ?

Je saisis la main d'Angèle et la presse affectueusement.

— Tout va bien, assuré-je. Tu es très courageuse.

Elle me répond par un borborygme inintelligible.

Gérard Ohayon se lève et baisse son masque avant de m'observer.

— Vous êtes au CHU de Montpellier ?

J'acquiesce du menton.

Le dentiste va préparer un plateau et ses instruments tout en sifflotant.

— J'ai un bon ami là-bas, il est radiologue, fait-il. Vous connaissez Albert Reichman ?

— Oui, bien sûr.

Je n'étaye pas ma réponse, car le type en question est loin de m'être sympathique. C'est un homme vieillissant qui a tendance à être trop familier, traduire : exagérément tactile envers les manipulatrices ou infirmières qui travaillent dans son service, ce qui lui a valu le surnom de « le poulpe ».

— C'est un ancien copain de promo, première année de médecine, il y a de cela une éternité, continue Ohayon en souriant.

Une sonnerie de téléphone s'élève. L'appel vient du bureau du praticien, qui grimace.

— Excusez-moi, c'est ma femme.

J'imagine que l'air joyeux de salsa qui se répète doit être réservé à ladite épouse, ou alors cet homme a un sixième sens.

Je reste près d'Angèle tandis qu'il va répondre. Ma tante somnole sous l'effet de l'anesthésie, ce qui est une bonne chose en regard de sa douleur.

— *Oui, ma chérie… Bien sûr que tu peux les inviter aussi… Un couple de plus ou de moins ne changera pas grand-chose.*

J'écoute la conversation du dentiste d'une oreille distraite, consultant moi-même l'écran de mon portable afin d'y lire d'éventuels messages intéressants. Aucun signe de Lisa, pas le moindre SMS, et je ne saurais dire si ce silence m'arrange ou me peine.

— *Sinon, Clémentine a confirmé pour le premier à midi ?*

Je me fige et sens une vague de chaleur naître dans mon ventre pour remonter jusqu'à mes tempes. Je n'ose pas tourner la tête vers le bureau et tente de me convaincre que mes oreilles viennent de me faire une blague.

— *Oui, il faut mieux faire ça le soir… Elle et Cyril vont certainement se réveiller tard.*

Cyril : alias LE fiancé. Cette fois, le doute n'est plus permis. Cela ferait vraiment trop de coïncidences.

Je déglutis péniblement et fixe Angèle, qui contemple le plafond d'un air extasié. Je lui envie cet état de détachement.

Gérard Ohayon revient dans la salle de soins.

— Excusez-moi. Ma femme est dans les préparatifs du réveillon ainsi que du repas du Premier de l'an. Vaste programme, vous imaginez.

Je balbutie un « pas de problème » maladroit et dévisage avidement le praticien. Maintenant que je sais à quoi m'en tenir, il est évident que Clémentine a hérité de ses yeux verts lumineux ainsi que de sa haute taille. C'est la maman qui doit être d'origine africaine ou bien c'est une enfant adoptée.

Le dentiste replace son masque et s'installe près d'Angèle.

— On va passer à l'extraction, annonce-t-il.

Un vertige me saisit et un filet de bile amère remonte le long de mon œsophage. Je n'arrive pas à gérer l'émotion que je ressens, presque effrayé par le hasard qui ne cesse de mettre Clémentine sur mon chemin, même de façon détournée.

— Je retourne m'asseoir, croassé-je.

Une demi-heure après, Angèle dort à mes côtés dans la voiture. Une fois garé devant sa résidence, je la réveille pour sortir et la reconduis à son appartement.

Je l'aide à s'allonger dans son lit.

— Merci, mon grand, murmure-t-elle.

Je dépose un baiser sur sa main.

— Je repasserai te voir après-demain soir, tatie. On fêtera le premier jour de janvier ensemble.

Cette idée me fait mal. L'année qui va débuter ne promet rien de bon à ma mère adoptive. Son esprit s'enfoncera toujours plus dans les limbes mystérieux qui engloutissent sa mémoire.

Elle retient mon poignet alors que je m'apprête à quitter la chambre.

— Tu es heureux, Axchel ?

Je souris devant son élocution encore laborieuse et m'accroupis près d'elle.

— Mais oui, évidemment. Tout va bien pour moi. Ne t'inquiète pas.

— Ah, tant mieux.

Elle m'observe longuement et paraît réfléchir.

— Ch'est qui déjà... la fille que tu aimes ? Che la connais ?

Je voudrais répondre à cette question d'une voix assurée, mais j'en suis incapable. Est-ce que j'aime encore Lisa ?

Heureusement, Angèle ferme brusquement les paupières et sombre dans le sommeil, mettant fin à la discussion.

Je traverse le hall de l'accueil et m'arrête un instant afin de préciser à Manuelle que je dînerai avec Angèle le soir du Premier de l'an.

— Je vous offrirai le champagne, me promet la jeune femme en posant sa main potelée sur mon poignet pour le serrer plus qu'il n'est nécessaire.

Je retire mon bras vivement et le regrette aussitôt.

— Super, fais-je en essayant de sourire. Merci, Manuelle.

Je décampe avant de savoir si mon geste de recul l'a blessée ou non. Je ne l'espère pas.

Quoi qu'on en pense, je ne suis pas un goujat !

Je décide d'appeler Lisa en fin d'après-midi. J'ai dormi deux heures sur mon canapé après avoir regardé le début des *Tontons flingueurs*, film que je connais par cœur. Cette sieste m'a requinqué, je suis moins nauséeux et me sens prêt à affronter une conversation.

Elle décroche au bout de quatre sonneries.

— Salut, Axel.

Je ne note pas de tension palpable dans son intonation, ce qui me rassure.

— Comment vas-tu ?

— Bien. Et toi ?

Je laisse passer un silence, cherchant mes mots.

— Tu fais quoi pour le réveillon, tu rentres ?

— Non, je reste en Bretagne, répond-elle dans un soupir qui traduit une soudaine irritation. Je t'ai dit que mes copains d'enfance m'avaient invitée à le fêter avec eux. Tu as déjà oublié ?

Et voilà, bravo, Axel, un impair au bout de trente secondes.

— Ne te fatigue pas trop, lancé-je à tout hasard.

Cette fois, Lisa ricane et je me retrouve à parler avec cette inconnue glaçante que je crains d'avoir fait naître.

— Qu'est-ce que cela peut bien te faire, que je me fatigue ou pas ?

Je me gratte le cuir chevelu.

— Ben… le bébé.

— Ne t'inquiète pas pour le bébé, riposte durement Lisa.

J'entends des voix et des rires derrière elle.

— Tu es où ? interrogé-je.

— Avec des amis. On prépare la salle pour demain.

— Oh, cool, tu t'amuses, alors.

Cette constatation me soulage. Est-ce une réaction normale ? Ne devrais-je pas être contrarié ? Je l'ignore et le fait de ne plus savoir ce que je suis censé ressentir commence sérieusement à m'angoisser.

— Disons que je suis bien entourée et que je me change les idées, rétorque Lisa.

J'entends qu'elle masque le téléphone de la main et elle parle à quelqu'un. Je distingue : « Oui, ça va. J'arrive. »

— Je vois que je te dérange, lancé-je d'un ton penaud.

Lisa soupire à nouveau, mais je décèle cette fois de la tristesse dans son souffle.

— Non, tu ne me déranges pas.

Elle laisse passer un blanc.

— C'est tout ce que tu voulais me dire ?

Bonne question.

Je croise mon regard dans le miroir au-dessus du canapé. Ce que je vois ne me plaît guère : un type à la tignasse ébouriffée, aux joues mal rasées, qui semble perdu.

— Lisa… je… tu sais, je ne regrette pas les trois années passées avec toi. Tu es une fille super, je le pense vraiment.

Je n'entends plus le brouhaha derrière elle. Je suppose qu'elle a quitté la pièce pour s'isoler.

— Je te remercie, Axel. Mais tu comptes en arriver où, exactement, en flattant mon ego ?

J'inspire avec application tandis qu'une douleur vive me fend les tripes.

Je serre le téléphone dans ma main moite.

— Tu mérites d'être heureuse, Lisa, et je ne suis pas celui qui t'apportera le bonheur. Qu'il y ait ou non cet enfant entre nous ne change rien.

J'entends un sanglot vite refoulé, puis un petit rire grinçant.

— C'est le fin mot de la rupture, alors ?

Je m'affale sur le canapé et ferme les yeux.

— Je suis désolé. Je ne peux pas m'engager plus avant dans notre relation alors que je ne suis pas prêt à vivre en couple. Notre mariage serait calamiteux et tu regretterais de t'être enchaînée à moi. Je serai présent pour notre bébé, je te l'ai promis, mais, toi et moi, cela ne pourra pas marcher.

Mes yeux se brouillent de larmes. Merde, voilà que je craque comme une gonzesse sentimentale ! Je pleure devant ma lâcheté, ma faiblesse et mon égoïsme, mais surtout parce que je suis en train de décevoir une fille extraordinaire qui était prête à m'aimer pour la vie.

La réaction de Lisa n'est pas longue à arriver.

— Va te faire foutre, Axel Teissier !

Elle raccroche et je demeure là, le regard dans le vide.

Je me demande si je viens de faire la plus grosse connerie de mon existence, ou bien si j'ai simplement eu le courage de me comporter en homme honnête.

# Chapitre 22

## *Clémentine*

Je fixe mon reflet dans le miroir de ma chambre et soupire.

R-I-D-I-C-U-L-E, voilà ce que je suis.

Solène arrive derrière moi et pose ses mains sur mes épaules.

— Waouh, comme elle est belle, la Cendrillon des îles !

Je fronce le nez.

— Heu, la couleur du tissu, franchement pas top.

Ma robe de princesse est satinée bleu clair, une teinte qui ne s'accorde pas du tout avec ma carnation. Le bustier crème aux manches bouffantes est heureusement assez joli et met en valeur ma poitrine. Le principal avantage de la tenue est sa longueur et le jupon aux volants de tulle rigidifié par un cerceau en fer à sa base. Ma botte de contention est parfaitement camouflée.

Solène pose le diadème sur mes cheveux solidement fixés en chignon.

— Tu es magnifique ! assure-t-elle, les yeux brillants. Même dans ta robe de mariée, je me demande si tu seras aussi canon !

— Je pourrai remettre ce costume pour l'occasion, si je ne trouve pas mieux, plaisanté-je.

Je me tourne vers elle.

— Tu n'es pas mal non plus, tu sais.

Je dois avouer que le déguisement de Cléopâtre qui m'était destiné lui va bien, ainsi que la perruque brune qui ressort sur sa peau blanche. La tunique cintrée à la taille donne à son buste une féminité que lui aurait certainement enviée la souveraine d'Égypte. Plus petite que moi, mon amie a juste eu besoin de faire un ourlet pour raccourcir la longueur de la robe.

Elle me serre dans ses bras.

— Merci encore pour la veste. Je l'adore !

Je souris, heureuse de sa mine ravie. Je savais que ce blaser IKKS lui plairait, puisque c'est elle qui me l'avait montré en boutique durant l'automne.

— Et merci de m'avoir proposé de venir à ce réveillon chez Cyril, ajoute-t-elle.

— De rien. C'est lui qui t'a invitée, d'ailleurs.

Elle m'observe en fronçant légèrement les sourcils.

— Mais je comptais le faire, de toute façon, ajouté-je précipitamment.

Je me regarde une dernière fois dans le miroir.

— J'espère que Cyril va me trouver bien.

Je n'ai pas revu mon fiancé depuis son retour des Alpes, avant-hier en fin de journée. Il m'a interdit de venir chez lui avant ce soir, décrétant que deux de ses amis l'aideraient à préparer le buffet. Je n'ai pas insisté, contente de pouvoir me consacrer à mon habillage et maquillage en compagnie de Solène.

Tout irait bien si je ne traînais pas au fond de moi un poids mort, une charge qui m'oppresse et m'ôte toute vitalité.

Je devrais être heureuse à l'idée de fêter le réveillon avec mon fiancé et Solène, mais je n'y parviens pas. Comme je n'arrive pas à m'enthousiasmer à la perspective de devoir trouver la robe de mariée idéale que je porterai le jour J, censé être un des plus beaux moments de mon existence.

La vérité est que je pense trop à Axel pour me concentrer sur autre chose, ce qui est complètement stupide et stérile.

Pourquoi perdre autant d'énergie à songer à un homme que l'on déteste et qu'on ne reverra jamais, franchement ? Ma bêtise me désespère moi-même.

Dans la voiture qui mène chez Cyril, j'écoute Solène me décrire son projet éducatif pour la classe verte qu'elle organise au printemps pour ses élèves, tout en cherchant une musique sur son autoradio. Je tombe sur le morceau *Don't worry, be happy*, que j'estime parfaitement adapté à l'instant présent. Solène semble d'accord avec moi et nous chantons à tue-tête tout le long du trajet.

Comme à son habitude, Cyril n'a pas fait les choses à moitié. Son immense salon est transformé en salle de réception grand luxe, avec nappes blanches et coupes de cristal artistiquement empilées en vue de la cascade de champagne quand sonnera minuit. Des verrines et canapés aussi multiples qu'alléchants sont disposés sur les tables décorées de paillettes dorées et de ravissantes présentations de fleurs fraîches.

Solène applaudit avant même de se débarrasser de sa gabardine.

— Oh, c'est trop beau ! Tu es sûr que tu n'as pas raté ta vocation, Cyril ? Sérieux, tu aurais dû tenir un restaurant de luxe.

L'interpellé finit de verser une bouteille de vin rouge dans une carafe à décanter. Il sourit à Solène, puis vient à notre rencontre.

— Merci, ma chère. Mais pour être honnête, je me suis fait aider par une fleuriste pour la déco et d'un traiteur pour les entrées froides. Ce sont les bouchées chaudes et les desserts qui sont de mon fait, mais tu les dégusteras un peu plus tard.

Il regarde mon amie pendre son manteau au portant placé dans le hall, l'examine de la tête aux pieds, puis se tourne vers moi, les sourcils froncés.

— Bah, ce n'est pas toi, Cléopâtre ?

J'opte pour la bonne humeur tout en prenant conscience de ma bévue et ôte laborieusement mon propre pardessus.

— Non, moi, c'est Clémentine. Mais bonjour, d'abord ?

En étudiant le déguisement de Cyril, je me souviens maintenant d'un détail qui n'en est certainement pas un pour lui. En vue de cette soirée costumée prévue de longue date, nous avions décidé ensemble d'incarner le célèbre couple antique : Jules César et la reine d'Égypte.

Avec sa tunique blanche ornée de sequins dorés aux extrémités et son écharpe bordeaux passée sur l'épaule, maintenue à la taille par une large ceinture jaune, mon fiancé ne manque pas d'allure. Dans le genre comique, je veux dire, version cinématographique d'Astérix et Obélix. Que dire de sa couronne en laurier imitation or et de ses sandales romaines en lanières de cuir qui dévoilent ses longs orteils pâles ?

Je retiens un rire nerveux qui n'est pas de circonstance. Cendrillon promise à un empereur, cela ne le fait pas. Du moins, pas dans l'esprit bien ordonné de Cyril.

— Je… j'ai pensé qu'une robe de ce genre camouflerait mieux ma botte, fais-je d'un ton de gamine prise en faute, allant jusqu'à effectuer une petite révérence.

Le maître de cérémonie se penche pour déposer un baiser léger sur mes lèvres, mais ses yeux restent froids.

— C'est con, remarque-t-il. Sur les photos, on ne sera pas du tout assortis.

Je me mords l'intérieur de la joue et compte jusqu'à trois, technique conseillée quand on ne veut pas parler sans réfléchir.

— On s'en fout, des photos, Cyril. C'est la fête ce soir, on ne va pas se prendre la tête pour une histoire d'anachronisme, si ?

Mon compagnon semble peser le pour et le contre de ma répartie et daigne me détailler avec attention.

— Tu es canon, mais tu fais un peu cul-cul, assène-t-il enfin.

Je me force à rire, comme si sa remarque ne me vexait pas.

— De ton côté, tu as un sacré masque blanc autour des yeux, laissé par tes lunettes de ski. Ce n'est pas top pour un empereur romain. Tu aurais dû opter pour le costume de Zorro.

Et toc. Petite vengeance facile.

— Très drôle, rétorque-t-il en haussant les épaules.

Solène perçoit la tension monter entre nous et a le bon sens de toussoter.

— Alors, Cyril, que peut-on faire pour aider ?

Mon fiancé m'adresse finalement un léger sourire qui se veut conciliant, puis se tourne vers Solène.

— Va te servir un verre de punch ou de champagne et amuse-toi, lui ordonne-t-il gentiment.

Thierry et Rémi sortent à cet instant d'une des chambres de l'appartement. Ce sont des jumeaux, amis d'enfance de Cyril. L'un est avocat, l'autre huissier de justice. Les deux sont célibataires et coureurs de jupons. Ils ont choisi de se déguiser en Dupond et Dupont, ce que je ne peux m'empêcher de juger grotesque.

— Hello, les filles ! chantonne Thierry.

Je le différencie de Rémi parce qu'il a une cicatrice ancienne sur le dessus du sourcil, vestige d'une cascade à vélo quand il était adolescent.

Je lui fais la bise et le présente à Solène. Il plonge aussitôt les yeux dans le décolleté de mon amie.

— Rassure-moi, lui roucoule-t-il. Tu n'es pas mariée ?

Solène émet un gloussement de pintade que l'on chatouille et je me force à sourire.

— Fais gaffe, Soso, ce type est un collectionneur de femmes.

— C'est faux ! s'exclame Thierry.

— Je dirais même plus, intervient Rémi. C'est faux !

L'interphone se met alors à tinter en cascade et les invités font leur entrée les uns après les autres. Le salon est bientôt pris d'assaut par bon nombre de super-héros et de créatures démoniaques genre zombies ou vampires. Dans un style plus original s'annonce un Télétubbies vert (Dipsy, si mes souvenirs sont bons) incarné par Tatiana, une copine de fac de Cyril devenue orthodontiste. Elle sort avec un agent immobilier du nom de Tony, grimé pour la soirée en Capitaine Crochet. Assurément, leurs déguisements ne peuvent être plus mal assortis, mais eux ne semblent pas considérer cela comme un problème.

Le brouhaha s'élève, ainsi que la musique, et l'alcool se met à couler à flots. J'avoue que l'ambiance est plutôt sympa et je discute avec pas mal de personnes que je connais, certaines ayant même la gentillesse de me complimenter sur mon costume qui me « va trop bien ». Un dernier coup d'interphone annonce un retardataire vers vingt-deux heures. Je vois Cyril se précipiter vers la porte et me demande qui il attend avec autant d'impatience.

Il s'agit d'Alice aux pays des merveilles. En décodé, voici Bérangère déguisée en Paris Hilton le jour où celle-ci s'est transformée en l'héroïne de Lewis Carroll.

Robe-bustier bleu clair archi-courte, cheveux longs lissés et lâchés retenus par un gros nœud noir, bottines à talons fins susceptibles de percer le parquet : on ne peut nier que l'ensemble a du style.

Je parierais que la demoiselle a fait exprès d'arriver la dernière, telle la star qu'elle n'est pas. Cyril la présente fièrement en lui tenant le bras, ce qui me fait penser à quelqu'un qui arbore un trophée. Cette attitude de propriétaire m'horripile d'autant plus que j'ai encore en tête son jugement sur mon déguisement « cul-cul » de princesse.

À la vue de Bérangère, bon nombre de mâles ont la langue qui pend jusqu'au sol et je repère quelques coups d'œil jaloux issus de la gent féminine.

Évidemment, la miss « m'as-tu vue » vient me saluer en dernier, après s'être servi une coupe de champagne qu'elle tient avec un petit doigt en l'air.

— Hé, Cendrillon, fait-elle en ricanant. Tu sais qu'à minuit, tu vas retrouver ta citrouille et tes haillons ?

Je lui adresse mon sourire le plus hypocrite.

— Que fais-tu ici ? Tu ne serais pas mieux avec des copains de ton âge pour faire la fête, ce soir ?

La gamine grimace.

— Nan. Ils me prennent trop la tête, je n'avais pas envie de traîner en boîte avec tous les ringards de Montpellier. J'ai fait le tour de la question, en vrai.

Elle promène un regard circulaire sur les invités.

— Ici, c'est pas non plus le pied, remarque. Mais Cyril est tellement content de m'exhiber à ses amis.

Elle passe la main dans ses cheveux et hausse les épaules.

— Tout cela n'a pas d'importance. Dans quelques jours, je serai à Paris.

— Tu vas descendre au Hilton ? lancé-je en riant.

Elle me contemple d'un air hautain.

— Non, pourquoi ?

Je me retiens de lever les yeux au ciel. Cette fille est comme son frère, imperméable à mon humour, pourtant facile d'accès. Ou bien, elle fait exprès d'être bête, ou pas exprès, d'ailleurs.

Nous restons côte à côte sans parler. Honnêtement, je ne sais pas quoi lui raconter et je n'ai pas envie de faire d'efforts.

— Bon, super passionnante, ta conversation, cingle alors ma charmante future belle-sœur. Je vais plutôt aller boire un autre verre et danser avec les jumeaux. Ils m'ont connue enfant, mais je vois bien, à leur façon de me mater, qu'ils ont compris que j'avais grandi. On va rire.

Je la regarde s'éloigner d'une démarche chaloupée parfaitement maîtrisée. L'espace d'un instant, j'envie son assurance et songe que cette fille a au moins le mérite de sortir de l'ordinaire. Pour autant, je doute que nous parvenions un jour à devenir proches. Je crois que nous ne le désirons ni l'une ni l'autre.

Je me force à sourire quand les gens commencent à se trémousser au son de la musique, mais j'ai le moral en berne. Je me sens exclue de cette joyeuse assemblée, même si je tente de bouger les bras en rythme, à défaut de sautiller comme j'aimerais tant pouvoir le faire.

Cyril se fait photographier à nombreuses reprises par ses amis au bras de Solène. Cette dernière me jette à chaque cliché des coups d'œil gênés, sachant que c'est moi qui aurais dû porter le costume assorti à celui de Jules César. Je suppose qu'elle me plaint également de porter une attelle au pied.

À vingt-trois heures quinze, Cyril l'entraîne dans un rock endiablé. Leurs figures pas toujours académiques sur un tube de Guns N'Roses les font mourir de rire. Je dois admettre qu'ils sont drôles à regarder.

Leur incontestable complicité finit néanmoins par me mettre mal à l'aise, et je suis frappée par une évidence : Solène contemple *mon* fiancé avec des paillettes dans les yeux. L'expression peut sembler bête, mais elle est explicite. Cela se traduit par un visage extrêmement lumineux face à un être qu'on apprécie beaucoup. Ce phénomène rend beau. Solène est rayonnante dans les bras de Cyril.

Une vague de nausée me monte à la gorge. Il faut dire que j'ai ingurgité plusieurs verres de champagne sans faire de pause, afin de tuer le temps.

Je commence à chanceler sur ma seule patte valide et le monde qui m'entoure semble flouté et exagérément bruyant, voire flippant. En gros, je ne suis pas loin d'être bourrée et il n'est pas encore minuit.

Si Solène couve Cyril d'un œil énamouré, je remarque que ce dernier n'est pas en reste. Il enlace la taille de sa Cléopâtre avec l'engouement que

Jules devait réellement témoigner à sa maîtresse. Son regard se perd quelques fois dans le décolleté de mon amie, qui dévoile plus qu'il ne cache des seins blancs, ronds et fermes, aux antipodes de ma modeste poitrine. Suis-je jalouse ? Devrais-je l'être ?

En fait, je suis plutôt dégoûtée, fatiguée et énervée. Je suis handicapée par ma botte de contention et, de surcroît, je regrette de m'être déguisée en Cendrillon. Qui pourrait s'enorgueillir de revêtir la tenue d'une pauvre victime de la vie, exploitée par sa belle-mère et ses deux filles, vivant dans la misère et obligée de pactiser avec deux rats et une citrouille pour pouvoir posséder un carrosse et deux chevaux le temps d'une soirée ? Même la Belle au bois dormant était mieux lotie, se contentant de pioncer en attendant son prince charmant, sans pour autant perdre de sa superbe.

Je m'apprête à goûter une verrine à l'avocat et noix de Saint-Jacques, quand Bérangère tapote mon épaule.

— Dis donc, ta copine Solène, elle n'aurait pas des vues sur mon frère ?

Je la fixe sans répondre, me demandant si je devrais être flattée ou mortifiée par le fait que la benjamine de la famille Portal daigne me mettre en garde contre un danger potentiel menaçant mon futur mariage.

Je hausse les épaules.

— Ils s'entendent bien, et moi, je ne peux pas danser, donc il n'y a pas de souci.

Bérangère me contemple avec un air de pitié évident.

— Allô… la terre ? C'est tout ce que tu trouves à dire ? Cette meuf est ta meilleure amie et elle kiffe ton keum, je te signale.

Elle grimace.

— Et lui a toujours fantasmé sur les gros nibards, en plus.

Je m'astreins à réfléchir. Elle me joue quoi, la Bérangère ? Le coup du « je te préviens parce que je t'aime bien malgré tout », ou bien « je cherche simplement à te faire de la peine et te pourrir la soirée » ?

Je rassemble laborieusement mes idées, tel un pêcheur qui tire sur ses filets pour remonter le poisson.

— Heu, alors je devrais faire quoi, d'après toi ?

Bérangère lève les yeux au ciel et attrape une coupe de champagne sur la table.

— Tu fais ce que tu veux, mais, à ta place, j'irais péter la tronche de ma copine pour la recadrer.

L'image me fait rire. Étant plutôt pacifiste, je me vois mal aller fracasser la mâchoire de Solène à coups de poing. Cela n'aurait qu'une seule conséquence, elle risquerait d'avoir réellement besoin d'un dentiste après cette agression, ce qui n'arrangerait pas mes affaires.

— Je crois que tu t'inquiètes pour rien, dis-je en étouffant un bâillement derrière ma main.

Bérangère repart déjà, flanquée d'un blanc-bec que je ne connais pas, du genre ambitieux et bien lancé sur le parcours de la réussite. La majorité des fréquentations de Cyril ont ce type de profil.

Je m'installe laborieusement sur une chaise, pestant contre l'encombrant cerceau de ma robe. Quelques minutes plus tard, Solène vient s'asseoir à mes côtés. Elle remue les doigts pour se faire de l'air.

— Purée, on crève de chaud ! crie-t-elle pour couvrir le son de la musique.

Je me penche vers son oreille.

— C'est la franche entente entre Cyril et toi. Tu ne serais pas en train de tomber amoureuse de lui, par hasard ?

Mon amie émet un couinement de surprise.

— C'est quoi, cette question ?

Malgré les lumières tamisées, je perçois son expression gênée et le trouble dans ses yeux.

— Cyril te plaît, pas vrai ? dis-je d'un ton plus doux.

Je m'aperçois que cette éventualité ne me choque pas autant qu'elle le devrait. Pire, je viens d'énoncer cette hypothèse avec calme, non pas dans le stress d'une jalousie incontrôlable.

Solène n'a pas le temps de me répondre, l'objet de notre discussion arrivant face à nous, hilare et transpirant.

— Tu t'amuses, pupuce ? me demande-t-il en pinçant ma joue comme si j'étais une gamine attardée.

C'est à ce moment-là que la colère naît en moi, aussi soudaine qu'une étincelle qui se transforme en brasier sous l'effet d'un souffle de vent.

Je contemple ce Jules César de pacotille, ses pieds nus dans ses sandales de cuir affreuses, sa ceinture enserrant sa taille épaisse et sa couronne de laurier en plastique posée de guingois sur le sommet de son crâne qui commence à se dégarnir. Ai-je réellement envie d'épouser cet homme ?

Je lui adresse un sourire glacial.

— Je trouve que Solène et toi formez un super duo sur la piste de danse, vraiment !

Cyril pouffe derrière ses doigts et gratifie Solène d'un clin d'œil complice.

— Nous sommes le couple de la soirée, Clém, puisque, toi, tu as préféré jouer la vierge de Charles Perrault.

Il ricane de sa bonne blague puis reprend un air sérieux.

— Tu ne vas pas être jalouse de ta meilleure copine, quand même ?

Je pose une main amicale sur l'épaule de Solène qui paraît confuse.

— Je ne suis pas jalouse du tout, mais je crois que je vais vous laisser continuer la fête sans moi. Je suis crevée, j'ai mal à la jambe et je ne sais pas quoi faire pour passer le temps.

Cyril fronce les sourcils.

— Tu déconnes, là ? La soirée commence à peine.

Je me lève et soutiens sans ciller son regard furieux. Son air supérieur ne m'impressionne plus.

— Je m'ennuie, Cyril. Comme je ne peux pas danser, j'ai trop bu et mangé. Tu ne tiens pas à ce que je finisse par vomir partout dans ton beau salon ?

Cette idée le fait grimacer.

— OK, rentre chez toi, alors. De toute façon, tu tires la gueule depuis que tu es arrivée. Tu n'es pas drôle.

Je résiste au désir de lui rétorquer que lui ne m'amuse pas non plus. Mais je ne veux pas envenimer la situation, étant une fille bien élevée.

Solène quitte sa chaise.

— Je te raccompagne.

Elle tente de faire bonne figure, mais je lis dans ses yeux un réel regret. Je me prends à ressentir une grande tendresse pour cette fille qui n'hésite pas à faire passer l'amitié avant toute autre considération.

— Hors de question, lui dis-je. Toi, tu n'es pas handicapée, tu as le droit de t'éclater toute la nuit. Je vais appeler un taxi, ne t'inquiète pas pour moi.

— Tu es sûre ?

Cyril émet un rire qui résonne comme un jappement agressif.

— Mais oui, reste, Solène. Laisse mademoiselle rabat-joie rentrer faire son dodo.

Je lui souris avec l'amabilité d'un serpent à sonnettes.

— On se voit demain soir chez mes parents si tu es assez en forme pour ça ?

Mon fiancé hausse les épaules.

— Je suis toujours en forme, je te signale, contrairement à toi.

Mon sentiment de colère se mue en envie de meurtre et je me dirige vers le portant à manteaux d'un pas presque rapide, si on fait abstraction de ma claudication.

Solène court après moi.

— Tu es sûre que je peux rester ?

Non, mais quoi ? Elle me prend pour sa mère ?

— Évidemment. Je veux que tu t'amuses, Soso. Tu le mérites.

Nous échangeons un long regard, qui signifie peut-être quelque chose d'important. Mais là, je suis trop impatiente de partir pour m'interroger plus avant sur mes sentiments et ceux de mon amie.

J'enfile ma gabardine tout en appelant le service de taxi rapide mis en place pour la soirée.

Une hôtesse m'informe qu'un chauffeur est disponible et m'attendra en bas de l'immeuble d'ici cinq minutes.

Cyril m'ignorant ostensiblement, je quitte les lieux sans saluer personne. Je me cale contre la paroi de l'ascenseur le temps de descendre au rez-de-chaussée, appréciant le silence qui m'entoure.

Une fois arrivée dans le hall de l'immeuble, je consulte ma montre et soupire. Il est minuit moins le quart, je vais fêter seule le passage à la nouvelle année et ce détail n'a même pas fait sourciller mon futur mari. En même temps, c'est moi qui ai voulu partir, alors je ne peux pas me plaindre.

Le froid du dehors me revigore et aide les vapeurs d'alcool ingéré à s'évaporer un peu, pas assez. Je suis aussi imbibée qu'une éponge, mais ne connais pas le moyen de m'essorer le foie pour recouvrer rapidement un état de conscience normal.

Le taxi apparaît et je monte à l'arrière avec difficulté, à cause de ma robe et de mon degré d'ivresse.

Le chauffeur se retourne et me demande de lui confirmer l'adresse où il doit me véhiculer, c'est-à-dire la mienne, à quelques kilomètres d'ici. C'est la destination que j'ai communiquée au téléphone un peu plus tôt.

Je m'exécute, puis renverse la nuque sur le siège et ferme un instant les yeux. Pas longtemps, car la tête me tourne aussitôt et me donne la nausée.

Pour m'occuper, j'admire les décorations scintillantes accrochées aux lampadaires, les guirlandes pendues sur les balcons. C'est beau une ville en période de Noël.

De nombreux groupes de jeunes déambulent sur les trottoirs en riant, chantant ou chahutant. Des couples se promènent dans le froid, serrés l'un contre l'autre, prêts à rentrer chez eux pour faire l'amour ou trinquer ensemble, complices, en attendant les douze coups de minuit.

L'angoisse m'étreint de ses bras velus.

Chez moi, je vais retrouver le vide absolu, des émissions idiotes à regarder sur les chaînes de télévision. Ma destinée : passer à la nouvelle année seule comme une vieille croûte de pain oubliée sous un meuble, pendant que tous mes proches font la fiesta. Voilà un tableau propre à me rendre dépressive à vie, même si je suis seule responsable de ma situation.

Pour autant, je ne regrette pas d'avoir quitté cette soirée où je m'ennuyais. J'en ai marre d'être une gentille fille conciliante soucieuse de ne pas déplaire à son entourage. Et puis, honnêtement, Cyril dans ce costume de Jules César, ça ne le fait pas du tout.

Question : qu'est-ce que je voudrais faire pendant cette nuit de réveillon, une nuit censée être magique et porteuse d'espoir pour les douze mois à venir ?

Je réfléchis, ce qui n'est pas aisé quand circule dans les veines un mélange égal de sang et de champagne.

Ce que j'ai *vraiment* envie de faire, là, maintenant ?

L'évidence m'apparaît avec une clarté éblouissante.

— Dites, m'sieur, vous pourriez me conduire autre part qu'à ma maison, s'vous plaît ?

Le chauffeur hausse les sourcils et doit relever mon élocution laborieuse, mais il décide de rester aimable. Je ne suis sans doute pas la première ni la dernière cliente un peu pompette qu'il véhiculera cette nuit.

— Vous voudriez aller où, princesse ?

Je souris.

— À l'hôpital. J'ai un ami là-bas.

L'expression de mon conducteur se revêt de compassion. Lui, c'est un gars gentil, cela se voit tout de suite.

— C'est bien triste pour lui, mais à cette heure-ci, je pense qu'on ne vous donnera pas le droit de rendre visite à un malade.

J'éclate d'un rire aviné. Soudain, ma bonne humeur est de retour et je me sens en super forme.

— Moi, on me laissera rentrer, assuré-je avec conviction. Je suis une VIP, figurez-vous.

— Mouais, tant que vous payez, ça me va, marmonne le chauffeur.

J'applaudis et pose la main sur son épaule.

— Je vous ferai un bisou quand on sera arrivés, monsieur le taxi-driver. Pour vous remercier et vous souhaiter la bonne année.

— Hé ben, on peut dire que j'ai de la chance.

Je ne sais pas s'il ironise, alors je glousse bêtement et me pelotonne contre la portière.

# Chapitre 23

## *Axel*

Fabien lève son verre vers moi.

— À la tienne, frère… Bonne année !

Je lape une gorgée de champagne et repose le gobelet. Je ne veux pas m'alcooliser parce que les soirées de réveillon promettent toujours des urgences à gérer qui demandent d'avoir l'esprit clair. Il est minuit et les gens sont en train de se faire la bise, mais bientôt, ils se livreront à des excès de boissons et ingestions de substances illicites qui risquent de les entraîner à commettre des imprudences. Des accidents variés, plus ou moins graves, conduiront des victimes de tout âge entre les mains de Fabien et peut-être les miennes en second lieu. Être de garde un soir comme celui-ci n'est pas une sinécure.

Je souris à Karine, l'infirmière qui nous tient compagnie. Proche de la retraite, elle me rappelle Angèle telle qu'elle était avant sa maladie, énergique et arborant une coupe de cheveux à la garçonne. Sa présence me fait songer que, dans un autre contexte, j'aurais déjà téléphoné à ma tante pour lui souhaiter mes meilleurs vœux, même si elle trouvait ce rituel idiot, anti-conventionnelle comme elle l'était. Je partage d'ailleurs cette opinion.

Karine vient me faire la bise et chatouille mon menton.

— Eh, beau brun, c'est quoi, cette tête d'enterrement ?

Je me force à lui sourire.

— Un peu vanné, mais ça va. Bonne année, à toi et tes enfants.

Je vois Fabien pianoter sur son portable. Il se lève et gagne un coin de la salle de repos pour chuchoter. À coup sûr, il appelle sa femme.

Finalement, je décide de terminer mon verre. Ce soir, je me sens réellement orphelin et j'ai besoin de réconfort.

Karine s'assoit face à moi.

— Fab m'a dit pour Lisa et toi, votre rupture.

Je hoche la tête sans répondre, peu désireux de raconter ma vie, même à quelqu'un de bienveillant.

Étant une personne pleine de tact, elle n'insiste pas et caresse gentiment mon bras.

— Ça va aller, mon poussin. Pense d'abord à ta carrière. Les femmes, ce n'est pas ce qui manque, tu finiras par trouver celle avec qui tu auras envie de te caser et de faire des mômes.

Je comprends que Fabien n'a pas tout rapporté à l'infirmière et lui en suis reconnaissant. Le fait est que je « vais avoir un môme », que je le veuille ou non.

Cette idée me serre les tripes d'inquiétude. Comment vais-je m'en sortir avec un gamin à élever, si je ne vis pas avec la mère ? Comment vais-je parvenir à être un bon père si je consacre les trois quarts de mon existence à mon métier ?

Fabien revient s'installer à notre table.

— Bénédicte t'embrasse, Axel. Elle te souhaite tout plein de bonheur pour l'année à venir.

Je le remercie poliment. Je n'ai qu'une seule envie, être appelé dans le service pour une urgence. Devoir travailler comme un damné est la meilleure chose qui puisse m'arriver ce soir, afin d'éviter de trop cogiter.

La porte s'ouvre sur Tony, le brancardier de garde. C'est un type féru de basket, comme le laisse présager sa haute taille. Célibataire et toujours prêt à déconner, il sort quelquefois avec Fabien et moi boire des pots en ville.

Il me pointe du doigt.

— Eh, *man*, il y a quelqu'un qui vient d'arriver à l'accueil pour toi, mon pote. Tu ne devineras jamais qui.

Aussitôt, je pense à Lisa. Elle a voulu me faire une surprise, elle a fait le trajet Brest-Montpellier dans la journée pour me souhaiter une bonne année et essayer de ressouder nos liens.

Je me lève brusquement, le cœur battant. Je ne crois pas être capable de me remettre en couple avec elle, mais je ne désire pas non plus lui faire de la peine.

Devant mon silence et mon air effaré, Tony éclate de rire.

— Une certaine Cendrillon demande à voir le docteur Teissier en urgence. Je t'assure que c'est vrai ! Elle dit que tu la suis pour une fracture de la cheville.

Je croise le regard amusé de Fabien.

— Oh, oh, oh... Ne serait-ce pas ta patiente bien-aimée ? chantonne-t-il. Tu veux que je filtre et la fasse passer par la régulation ?

J'hésite. Si Clémentine se trouve aux urgences, c'est peut-être qu'elle a un réel souci de santé. En même temps, je ne vois pas lequel. Sa fissure n'a rien de compliqué et elle sera sur pied d'ici moins de cinq semaines sans séquelles.

D'autre part, que fait-elle ici alors qu'elle est censée fêter le réveillon avec son fiancé ?

Cela ne peut pas être elle. Il doit s'agir d'une autre patiente.

— Tu veux que je la renvoie, si c'est elle ? continue Fabien, déjà debout.

Je soupire.

— Non, j'y vais.

— Je peux aussi m'en charger, intervient Tony. Elle est plutôt canon.

— Elle ne t'a pas donné son nom ?

Le brancardier éclate de rire.

— Cendrillon, je t'ai dit.

Constatant à mon expression que la situation ne m'amuse pas, il ravale sa gaieté.

— Il s'agit de M^lle^ Ohayon et c'est vraiment toi qui suis son dossier, gars, j'ai vérifié. Vu qu'elle t'appelle par ton prénom et qu'elle est sympathique, j'ai pensé que tu accepterais de l'examiner, même si elle ne paraît pas être à l'agonie. C'est le réveillon, non ? On peut se permettre des passe-droits quand même.

Il grimace, un peu penaud.

— J'aurais dû lui dire que tu ne bossais pas, que tu étais en salle d'op ? J'ai merdé ?

Je frictionne mes cheveux avec nervosité.

— T'inquiète, c'est bon. J'arrive.

Clémentine ici. Ce soir. Qu'est-ce qu'elle me veut ? Ne nous sommes-nous pas tout dit, quelques jours plus tôt ?

Mon air renfrogné ne fait pas le poids face au look de ma visiteuse surprise, adossée à la machine à café. Sa tenue de princesse est incongrue dans cette salle des urgences où quelques personnes sont assises en attendant leur tour de consultation. Pour autant, personne ne semble choqué par l'accoutrement de la jeune femme. C'est une nuit de fête où il n'est pas rare de rencontrer des gens costumés et, en règle générale, ceux qui viennent ici ont d'autres soucis que celui de s'observer les uns les autres.

Je me plante face à elle sans pouvoir retenir un sourire.

— Salut, fais-je en croisant les bras sur ma poitrine. Belle robe.

Elle me dévisage en se mordillant la lèvre inférieure, ce qui monopolise anormalement mon attention. J'adore sa bouche.

— Je… je voulais juste te souhaiter une bonne année.

Je ne réponds pas, mais c'est surtout à cause du trouble que je ressens. La vérité est que je suis trop content de la voir.

— Par hasard, je passais par là, précise-t-elle.

Elle ment avec un aplomb désarmant. Je détaille le diadème de pacotille posé sur ses cheveux, puis mes yeux glissent sur son cou gracile mis en valeur par un collier de perles, qui, lui, doit être vrai.

— Tu ne devais pas te déguiser en abat-jour ? lâché-je d'un ton moqueur.

Elle hausse les sourcils avec étonnement.

— Ah, tu te rappelles ça ?

Le fait est que je me souviens de chaque minute passée avec cette fille, mais je ne risque pas de le lui avouer.

— Où est ton mec ? fais-je encore.

Clémentine plisse son joli petit nez et lève les yeux au ciel.

— Il danse. Lui a la chance d'avoir deux jambes valides.

Il semblerait qu'elle soit agacée par son fiancé, mais je peux me tromper.

Je recule pour laisser le passage à un homme qui désire se payer un café. Ce lieu n'est pas vraiment idéal pour discuter.

J'attrape Clémentine par le poignet.

— Viens avec moi.

Nous franchissons le sas qui mène aux box d'examen. Nous gagnons le bout du couloir et j'ouvre la porte d'une chambre que je sais vide parce qu'elle sert surtout de débarras.

Je pousse Clémentine à l'intérieur sans beaucoup de ménagement et referme derrière moi.

— OK, tu voulais me souhaiter une bonne année, c'est fait. Et maintenant ?

Je la regarde froidement.

— Je suis de garde et, comme tu peux t'en douter, je vais avoir du boulot dans pas longtemps. Tu as même de la chance que je puisse te parler.

Clémentine baisse la tête vers ses mains et entremêle ses doigts fins, visiblement décontenancée par ma sécheresse.

— En fait, j'avais envie de te voir… pour m'excuser. Pour tout ce que je t'ai dit la dernière fois.

Je hausse les sourcils.

— Tu n'as pas besoin de t'excuser. Je n'ai pas été gentil non plus. Nous étions en colère tous les deux et avions des raisons de l'être.

Clémentine relève le menton, affichant une expression bravache.

— Axel, je vais quitter Cyril.

J'enfonce mes poings au fond de mes poches.

— C'est ton choix.

Je fixe un point vers la fenêtre, m'applique à sembler indifférent.

— Réfléchis bien, fais-je d'un ton paternaliste. Tu pourrais le regretter, la vie de château qu'il peut t'offrir, les voyages, tout ce qui appartient à ton rang de princesse.

Je ricane en indiquant sa tenue.

— Si ce type est assez riche pour satisfaire tes besoins, ce serait con de le laisser filer, non ?

À mon grand désarroi, les yeux de Clémentine se mouillent de larmes.

— Je ne l'aime plus. Je ne sais pas si je l'ai vraiment aimé un jour pour de vrai… Je…

Elle renifle et cherche dans son sac minuscule de quoi se moucher.

J'extrais un kleenex du distributeur mural et le lui tends.

— Je n'arrête pas de penser à toi.

Je me demande si j'ai bien saisi ce qu'elle vient de chuchoter à cause du papier contre son nez. Par prudence, je ne réagis pas.

Elle soupire et vacille un peu. Je comprends seulement maintenant que la demoiselle est légèrement ivre, voire beaucoup.

— Tu es dans ma tête tout le temps !

Elle tapote longuement sa tempe de l'index pour appuyer ses propos.

Devant cet aveu déroutant venu d'une femme ayant trop bu, je ne sais pas si je dois rire ou m'énerver. Dois-je envoyer cette enquiquineuse cuver son alcool chez elle ou bien la prendre dans mes bras ?

Je soupire et l'attire contre moi. Cette fille me fait fondre, je n'y peux rien.

L'odeur fruitée de ses cheveux chatouille mes narines et je la serre un peu plus fort, même si la manœuvre n'est pas aisée avec sa longue jupe encombrante qui part en s'évasant.

— Tu es bourrée, tu ne sais pas ce que tu dis, la sermonné-je en déposant un baiser sur son front.

Pourquoi ai-je la sensation de la connaître aussi bien ? Comme si elle faisait partie de ma famille.

Je dois lutter contre l'émotion qui me gagne.

— Je suis amoureuse de toi, assure Clémentine en me dévisageant avec gravité. De ça, j'en suis certaine, vu que c'est la première fois que je ressens ça pour quelqu'un.

Elle gémit.

— Genre, tu m'as jeté un sort ou un truc dans le style.

Je ris doucement.

— Tu regretteras demain tout ce que tu es en train de me dire.

Clémentine agrippe les pans de ma blouse et me secoue un peu.

— Attends, soyons clairs, hein ? Je m'en fous que toi tu ne m'aimes pas, je voulais juste que tu saches que je ne suis pas une fille facile qui va avec n'importe qui parce que c'est ce que tu dois penser de moi et ça me fait de la peine.

Ses yeux se remplissent de nouvelles larmes.

— Arrête de pleurer ! ordonné-je.

Je lui embrasse la joue, puis le bout du nez, puis je capture ses lèvres. Nos langues se trouvent aussitôt et entament une danse érotique qui traduit notre désir mutuel.

— Arrête, fais-je encore, ignorant si c'est à moi ou à Clémentine que je m'adresse.

— Fais-moi l'amour, murmure-t-elle. Je t'en supplie, fais-moi connaître ce plaisir-là. Avec toi, je sais que cela va être possible.

Je ne comprends rien à ce qu'elle raconte, mais ses mots ont l'heur de m'exciter.

C'est à ce moment-là que mon bip choisit de sonner.

Je repousse la jeune femme avec regret.

— Je dois aller bosser.

— Ne me laisse pas ! Je ne veux pas rentrer chez moi. Je t'en supplie, Axel… S'il te plaît…

À la contempler avec ses lèvres gonflées par nos baisers et sa robe bustier qui ne demande qu'à être ôtée, je me sens comme un condamné à mort devant partir à l'échafaud. Dire que je rêvais d'être appelé au turbin il y a moins d'une demi-heure de ça.

Je n'hésite pas une seule seconde.

— Je vais te donner les clés de mon appart, je termine ma garde à midi.

Ouh, là, Axel, tu t'emballes. Freine un peu.

— Mais si tu décides de t'en aller avant, tu mets le trousseau sous le paillasson, y a pas de souci.

Clémentine me sourit avec une reconnaissance démesurée, dévoilant sa dentition parfaite. Bon Dieu, cette femme est trop belle pour moi ! Demain, elle aura dessaoulé et disparu de ma vie pour aller retrouver son fiancé.

— Je t'attendrai, promet-elle.

Je la raccompagne jusqu'à la sortie et m'assure qu'elle sera prise en charge par un taxi. Puis je me précipite au service des urgences qui commence à être envahi de blessés en tout genre.

Plus question de songer à Clémentine pendant quelques heures.

# Chapitre 24

## *Axel*

Je pénètre dans mon appartement à midi et demi. Les clés n'étaient pas sous le paillasson et la porte n'était pas verrouillée, ce qui m'a évité de sonner. À moins que mon invitée ne se soit déjà sauvée en oubliant de fermer ?

Je marche dans le noir jusqu'à la chambre. Mon cœur bat la chamade et, malgré la nuit d'enfer que je viens de passer à l'hôpital, je ne ressens pas de fatigue, juste une profonde anxiété.

J'ai peur que Clémentine ne soit repartie, mais je flippe tout autant à l'idée qu'elle soit encore là.

Je pousse la porte et m'avance.

M$^{lle}$ Ohayon dort sur le dessus de mon lit. Elle a troqué sa tenue de princesse contre un de mes tee-shirts qui devait traîner sur le fauteuil où j'entasse les vêtements pas complètement propres, mais qui peuvent encore être mis avant d'être lavés.

Je m'assois avec précaution sur le bord du matelas pour ne pas la réveiller. Les traits de lumière qui passent entre les volets m'offrent la possibilité de lorgner ses longues jambes fuselées et une partie de son ventre plat découvert jusqu'au-dessus de son nombril. Entre les deux zones, une culotte blanche de jeune fille sage.

Ma gorge s'assèche et je ne sais pas quoi faire, bien que j'aie une idée assez précise de ce que j'aurais envie de faire.

J'effleure d'un doigt la chevelure brune qui s'étale sur mon oreiller, enroule mon index autour d'une bouclette soyeuse.

Ma belle princesse métissée. Je l'ai dans la peau alors que je ne la connaissais pas un mois plus tôt. Est-ce cela, la magie de Noël ? Clémentine pourrait-elle être mon cadeau ?

Perdu dans mes pensées et à cause de la pénombre, je ne vois pas immédiatement les deux iris verts posés sur moi.

Surpris, je grimace un sourire et caresse sa joue avec prudence. Je m'attends à ce qu'elle me repousse en hurlant, déclarant qu'elle a fait une terrible erreur en venant chez moi, dans mon lit.

— Salut, fait-elle d'une voix timide.

— Salut… Bien dormi ?

Elle se redresse sur un coude et étouffe un bâillement derrière sa main.

— Oui, comme un bébé.

— Qui aurait tété un biberon de champagne alors ? plaisanté-je en envoyant une pichenette sur son bras.

Elle rit de bon cœur. J'en déduis qu'elle est de bonne humeur et ne regrette pas d'être ici.

— Et toi… pas trop crevé ? Il y a eu beaucoup de fêtards à réparer ?

— Oui, pas mal. Mais je ne suis pas fatigué.

Nous nous fixons longuement et le temps semble s'arrêter.

— Tu veux un café ? demande alors Clémentine en faisant mine de se lever. Tu veux que j'aille acheter des croissants ?

Elle est soudain nerveuse et je trouve cela attendrissant.

Je secoue négativement la tête.

— Je n'ai ni soif ni faim.

J'ai juste envie de lui sauter dessus, mais je ne tiens pas à paraître rustre ou brutal.

— Heu… Je vais faire pipi, déclare-t-elle en se raclant la gorge.

Je la regarde clopiner vers le salon et souris en la voyant tirer sur le bas de son tee-shirt pour camoufler ses fesses, que je trouve pourtant très agréables à contempler.

Je m'étire, puis m'allonge sur le dos.

Ma couette dégage un parfum citronné et fleuri qui me trouble. Je clos mes paupières pour m'imprégner de cette odeur qui commence à m'être familière et laisse mon corps se détendre.

Clémentine revient au bout de quelques minutes, me sortant aussitôt de ma torpeur.

— Je n'ai presque plus mal à la cheville quand je marche sans la botte. C'est signe que je peux l'enlever bientôt ?

Elle reste debout près du lit. Dans la semi-obscurité, je vois sa silhouette se découper devant la fenêtre.

Je me redresse sur un coude.

— Tu sais qu'une consultation privée un jour férié coûte une blinde à la Sécu ?

Elle pouffe, puis redevient brusquement sérieuse. Elle s'assoit près de moi.

— Axel… Je… je peux rester un peu avec toi, ou tu veux que je m'en aille et te laisse dormir ?

Mon cœur s'effrite devant sa petite voix hésitante. Je suis du doigt les contours de son visage que je trouve parfait.

— Je t'interdis de partir maintenant, fais-je d'un ton sévère.

Je perçois l'éclat blanc de son sourire.

— Pardon ? Tu oses m'interdire quelque chose à moi, une princesse ?

Notre badinage ne suffit plus à nous rendre complices. Nous fondons l'un vers l'autre et nos lèvres se cherchent avec avidité. Je suis comme un fou à l'idée que Clémentine se trouve ici, chez moi, qui plus est dans mon lit.

Mes mains ne savent pas par où commencer, alors je m'astreins à prendre mon temps. Je lui ôte le tee-shirt et commence par caresser ses épaules, puis les courbes de ses seins fermes. Je joue de mes pouces avec les aréoles brunes que je ne tarde pas à titiller avec ma langue. Je me déshabille en même temps, pressé de sentir ma peau contre la sienne. Je brûle de désir pour cette femme, elle attire mon corps comme un aimant, depuis le premier jour de notre rencontre.

Mes lèvres descendent vers son ventre satiné, mes paumes explorent deux hanches épanouies qui m'apparaissent si féminines que j'en suis ému.

La respiration de Clémentine s'accélère et elle émet un léger gémissement qui achève de me rendre dingue. Mon visage se glisse entre ses cuisses sur lesquelles je dépose de petits baisers. Elle se laisse faire un moment, puis écarte les genoux et enfouit ses doigts dans mes cheveux, attirant ma tête contre elle. L'invite explicite m'encourage à faire glisser sa culotte le long de ses jambes. Mes lèvres effleurent son sexe qui s'offre sans pudeur, qui en demande davantage. Je ne parviens plus à retenir mon désir brut et ma langue s'enfonce avec avidité dans ce centre palpitant et chaud qui éveille mes sens les plus primitifs. Le bassin de la jeune femme ondule sous mes assauts et je lape avec gourmandise un flux mouillé à la saveur douceâtre qui traduit sans le moindre doute son haut degré d'excitation.

Ces préliminaires auront été courts, mais, si je continue comme ça, je vais jouir en solo sur les draps. Hors de question.

Je me redresse, le souffle court, et tâtonne dans le tiroir de ma table de chevet à la recherche d'un préservatif.

— Je ne sais pas s'il m'en reste, marmonné-je.

Inutile de préciser que Lisa et moi n'y avions jamais recours. Nous nous connaissions depuis longtemps et elle prenait la pilule… ou était censée le faire.

— Tu ne vas pas me sortir un truc périmé ? s'alarme Clémentine.

Elle glousse à cette idée et je ne peux que l'imiter.

— J'ai dû en acheter une boîte pour mes dix-huit ans, plaisanté-je. Jamais utilisée… ou presque.

— Menteur !

Je finis par dégotter un emballage carré qui n'apparaît pas trop antédiluvien, et l'ouvre d'un coup de dents impatient.

Clémentine m'aide à dérouler le caoutchouc le long de ma verge tendue à l'extrême.

Elle émet à nouveau un petit rire.

— Tu es sûr que c'est la bonne taille ? C'est très serré, non ?

Je capture sa bouche dans un sourire.

— Merci du compliment, la vérité est que tu me fais trop d'effet, je surdimensionne.

Pour seule réponse, elle m'offre le chemin de son intimité en me plaquant contre elle.

La pénétrer est si bon que je dois encore me concentrer pour ne pas exploser aussitôt. Je désire qu'elle prenne du plaisir autant que moi, je veux atteindre l'extase avec elle.

Nos corps se calent vite sur le même rythme et nos langues se racontent mille histoires d'amour, celles que tant de couples se sont contées avant nous.

D'un coup de reins puissant, je laisse enfin l'orgasme m'emporter, la jouissance décuplée par le vagin de Clémentine qui se contracte délicieusement autour de mon sexe.

Nous crions ensemble et restons collés l'un contre l'autre, nos cœurs affolés et nos souffles irréguliers.

Peu à peu, une vague de fatigue me submerge en même temps qu'un immense apaisement. Je suis heureux.

Je viens de vivre un moment unique, celui d'une entière communion avec une femme. C'est la première fois que cela m'arrive. Cette constatation comble mes sens, mais fait naître en moi un sentiment de vulnérabilité qui ne tarde pas à assombrir ma béatitude.

Que vais-je faire si Clémentine décide de disparaître maintenant ? N'est-elle pas fiancée à ce crétin de Cyril ?

# Chapitre 25

## *Axel*

Clémentine se lève et me demande la permission d'aller prendre une douche.

— Tu fais comme chez toi. Tu veux un café ?

— Heu, un thé si tu as ? Sinon, un verre d'eau fraîche m'ira très bien.

Je quitte le lit à regret et vais ouvrir les volets.

Le ciel est gris et bas et un vent froid me fait frissonner, balayant ma peau moite.

C'est l'heure du bilan.

Nous sommes le premier jour de l'année. Je suis séparé depuis peu de Lisa, ma copine depuis trois ans qui attend un enfant de moi.

Je suis éperdument amoureux de Clémentine.

Et je n'ai pas de thé chez moi.

J'enfile un sweat et un caleçon et vais farfouiller dans ma cuisine. J'ai une faim de loup et décide de faire des œufs au bacon, un des rares plats que je maîtrise à peu près.

Je me surprends à fredonner une chanson idiote tout en faisant fondre une noisette de beurre dans la poêle.

La porte de la salle de bains s'ouvre et Clémentine apparaît, les cheveux mouillés frisottant sur ses épaules. Elle a remis mon tee-shirt et semble ennuyée.

— Je n'ai pas envie de renfiler la robe de Cendrillon pour rentrer chez moi. Tu aurais un bas de jogging ou un short à me prêter ?

Je souris et la contemple.

— Je te trouve très bien comme ça.

Elle m'adresse une grimace et s'adosse au frigo.

— J'ai super faim.

Je lui tends un verre d'eau et mets quatre tranches de bacon à rissoler dans le beurre.

Je sens le regard de la jeune femme posé sur moi et je donnerais cher pour savoir ce qu'elle pense en ce moment.

Elle finit par s'asseoir sur une chaise et croise les bras sur sa poitrine, ce que je juge de très mauvais augure.

— Je dois dîner ce soir chez mes parents, avec des oncles et tantes... et Cyril.

Je casse quatre œufs sur les tranches de bacon en feignant d'être très concentré sur ma tâche.

— Je dois donc lui parler avant pour lui annoncer que je n'ai plus l'intention de l'épouser.

Je garde le silence parce que je ne trouve rien à dire, mais j'ai du mal à retenir un sourire de joie.

Clémentine décroise les bras et vide son verre d'un trait.

— Mais je ne veux pas que tu penses que j'ai rompu à cause de toi. Tu as ta vie de ton côté.

Sa phrase se termine dans un murmure gêné.

Je viens m'asseoir à ses côtés et saisis ses mains.

— Clémentine.

— Oui, Axel ?

— Lisa et moi, c'est fini.

Elle fronce les sourcils et entremêle ses doigts aux miens.

— Mais… et le bébé ?

Je soupire et me penche pour déposer un baiser sur ses lèvres pleines.

— Je reconnaîtrai cet enfant et je participerai à son éducation. Je l'ai promis à Lisa… et je tiendrai cet engagement.

Clémentine semble réfléchir. J'entends les œufs crépiter dangereusement dans le beurre et je me demande si je ne vais pas foirer mon plat. Tant pis.

— Mais… pourquoi tu quittes Lisa, alors ?

— D'après toi ?

J'ai répondu un peu rudement, n'ayant jamais été très doué pour disserter sur mes sentiments. Je perçois un léger recul méfiant de la part de Clémentine.

— Bah, je n'en sais rien. Je ne connais pas ta vie.

Elle a raison, et c'est pareil pour moi. Nous sommes des étrangers l'un pour l'autre.

— Tu te souviens de tes paroles de cette nuit, quand tu es venue à l'hôpital ?

Je joue l'esquive du lâche, mais il ne faut pas trop m'en demander.

Clémentine se trouble et récupère ses mains qu'elle passe dans ses cheveux d'un geste nerveux.

— Oui.

— Oui ?

Elle me jette un œil mauvais.

— Vous n'avez pas répondu à ma question, docteur Teissier.

— Tu as dit que tu étais amoureuse de moi.

Je me lève brusquement et me plante devant la gazinière, le dos tourné pour éviter de croiser le regard de la jeune femme. À quoi suis-je en train de jouer ? Est-ce que je ne risque pas de la braquer en essayant de lui extirper des mots qu'elle ne pensait sûrement pas vraiment ?

Clémentine quitte à son tour sa chaise et va se poster à la fenêtre.

— Oh, il neige ! s'exclame-t-elle.

Je la rejoins. Nous contemplons un moment les gros flocons qui virevoltent derrière la vitre. C'est beau et romantique et je résiste à l'envie d'emprisonner Clémentine dans mes bras.

— Ce n'est pas parce que je suis amoureuse de toi que tu dois quitter la mère de ton bébé, lâche-t-elle enfin à voix basse.

Elle soupire.

— Je n'en vaux pas la peine, je t'assure.

Cette fois, je l'attire contre moi et dépose un baiser dans ses cheveux.

— Je suis raide dingue de vous, mademoiselle Ohayon. Elle est là, ma réponse.

Je la sens frémir contre moi et je devine qu'elle sourit contre mon torse.

— Raide dingue ? C'est terriblement angoissant, cette réponse de psychopathe.

Je relève son menton d'un doigt et la dévisage avec gravité.

— Je suis tombé amoureux de toi au premier regard, Clémentine. Je ne savais pas que ce genre de chose pouvait arriver aussi vite, mais je n'y peux rien.

Je dépose un baiser sur le bout de son nez.

— Ce que je ressens pour toi m'a permis de me rendre compte que je n'étais pas en couple avec Lisa pour les bonnes raisons. Je l'aime beaucoup et je la respecte infiniment, mais je suis incapable de m'imaginer marié avec elle.

Hé ! Pas mal la déclaration, pour un gars pudique comme moi.

Nous nous fixons longuement, émerveillés par nos aveux mutuels, mais encore prudents.

— Et toi, tu es sûre que tu ne vas pas regretter ton fiancé ?

Clémentine jette un regard sur la bague qu'elle porte et la retire prestement, comme si elle la brûlait.

— Non.

Elle va poser le bijou sur la table.

— Ces derniers jours, j'ai enfin admis que ma relation avec Cyril n'était pas saine, que j'étais avec lui sans vraiment en avoir mesuré les conséquences.

Elle grimace.

— C'est mon père qui me l'a présenté il y a un an et demi environ. Ils s'entendent super bien, ils ont le même métier, des projets en commun.

Elle hausse les épaules.

— Je crois que je suivais une route que je n'avais pas réellement choisie… par facilité. Je ne sais pas si tu comprends.

Oui, je la comprends et je trouve merveilleux qu'elle me fasse ses confidences avec une telle honnêteté.

Elle revient se blottir contre moi, contemplant à nouveau les flocons tomber.

— Avec toi, je me sens vivante et entière.

Elle hésite et passe la main sur mes joues.

— En plus, tu es le premier homme à être parvenu à me donner un plaisir… aussi intense… dans un lit.

Je soulève les sourcils.

— Ah bon ? Je t'ai pourtant trouvée assez délurée, dans ce domaine.

Elle feint de se fâcher et me repousse.

— Tu veux dire… plus délurée que tes petites stagiaires en médecine ?

— Non, pas autant, quand même. Elles ont suivi des cours d'anatomie vachement pointus.

Je la rattrape et capture ses lèvres qu'elle m'abandonne volontiers. Je la désire à nouveau, follement.

Mes mains se glissent sous son tee-shirt que j'entreprends de lui enlever.

— Ça sent le brûlé, chuchote-t-elle à mon oreille.

— Je suis meilleur au lit qu'en cuisine ! avoué-je en riant.

— On est mal partis alors, parce que je suis également très mauvaise derrière les fourneaux !

Je la soulève et la porte jusqu'à la chambre, pensant toutefois à arrêter le feu sous la poêle au passage.

— Deux mauvais cuistots, ça craint pour notre avenir, remarqué-je avant de la jeter sur le matelas. On risque de crever de faim.

Elle ouvre les bras pour m'accueillir.

— Je sais quand même faire cuire des pâtes, docteur Teissier.

— Super. Donc, on ira vivre en Italie.

— Chiche ! répond-elle en riant.

Je m'allonge sur elle et la couvre de baisers.

Chiche qu'avec cette fille, je suis prêt à faire le tour du monde.

# Chapitre 26

## *Clémentine*

Je fais un dernier signe de la main à Axel et regarde sa voiture disparaître du parking.

Le quitter me fend le cœur, je serais volontiers restée chez lui jusqu'à la fin des temps, blottie dans ses bras sous sa couette.

Je me dirige vers la porte d'entrée de mon immeuble à pas traînants, la gorge serrée à l'idée de ce qui m'attend maintenant.

Je croise ma voisine qui sort son chihuahua. La vieille peau me fixe des pieds à la tête et ébauche un rictus réprobateur. Elle n'a pas l'habitude de me voir vêtue d'un jogging et d'un sweat Adidas trop larges pour moi, une ballerine à un pied et l'autre emprisonné dans une botte de contention.

— Bonne année, madame ! lancé-je en me forçant à sourire comme si mon look était tout à fait normal.

— Mouais, répond-elle.

Je lève les yeux au ciel et pénètre dans le hall de l'immeuble.

Arrivée chez moi, j'ose enfin rallumer mon iPhone, éteint depuis une heure du matin.

Évidemment, il se met à tinter comme un fou, annonçant de multiples SMS, notifications diverses issues des réseaux sociaux et appels en absence.

Je consulte l'heure : dix-sept heures trente.

Merde ! Il va falloir jouer serré. Je ne pourrai pas m'octroyer un long bain moussant et parfumé afin de repenser aux heures magiques que je viens de vivre, comme je rêverais de le faire.

Je m'assois sur la méridienne et ferme un instant les yeux, afin de recharger mes batteries et de me donner du courage. 1-2-3… *Go… You can do it !*

Je compose le numéro de téléphone de Cyril, qui répond aussitôt.

— Mais qu'est-ce que tu foutais, bon sang ? Cela fait vingt messages que je te laisse !

Je me mordille les lèvres tandis qu'une boule d'angoisse gonfle dans mon ventre.

— Je dormais. J'ai été malade et j'avais coupé le son de mon iPhone.

Cyril ricane.

— Je m'en doutais. Tu as picolé trop de champagne et sans doute pas assez mangé, c'est malin.

Vais-je y arriver ? Vais-je réussir à m'exprimer avec franchise, à ne pas mentir comme je viens de le faire à l'instant ?

— Au fait, bonne année, ma pupuce, lance alors Cyril d'un ton plus doux.

— Ah oui, à toi aussi.

Les larmes me montent aux yeux et je me mets à trembler. Si je faisais un malaise vagal maintenant, je n'aurais pas besoin de parler, ce serait chouette.

— C'est con que tu sois partie hier, c'était cool, reprend Cyril.

— Ah, tant mieux. Super…

Je suis nulle et lâche.

Je pense à Axel, ce qui devrait renforcer ma détermination, mais, tout à coup, je ne suis plus si sûre de mes sentiments pour lui.

Lui et moi vivons une relation passionnelle, il est évident que nous sommes attirés l'un vers l'autre. Mais cette interaction magnétique n'est-elle pas vouée à disparaître rapidement ? Suis-je prête à rompre avec Cyril pour me lancer dans une histoire d'amour hypothétique avec un quasi-inconnu ?

— Tu ne réponds pas ?

Cyril s'impatiente et je déduis qu'il vient de me demander quelque chose. Mes doigts se crispent sur mon téléphone et je me mets à transpirer.

— Tu m'as dit quoi ? bredouillé-je.

— *Tu m'as dit quoi* ? répète Cyril en écho.

Il rigole.

— Putain, Clém, tu parais complètement stone. Tu es sûre que tu auras récupéré d'ici ce soir ?

Je remonte le col du sweat d'Axel sur mon nez, hume l'effluve de son parfum comme une droguée en manque.

Axel. J'ai trop envie de le revoir, de le toucher, de rire avec lui. Oui, je suis accro à mon orthopédiste. Inutile de tenter de nier l'évidence.

— Cyril, cela ne va pas pouvoir se faire.

— Attends, j'ai un appel. Je vois qui c'est et je te reprends.

Je gémis de désespoir, coupée dans mon élan.

Ne flanche pas maintenant, Clémentine. Pas maintenant !

— Me revoilà… C'était Rémi. Son frère a tiré Solène, cette nuit. Tu le savais ?

Thierry… et Solène ? Cette information présentée avec une suprême élégance me fait doublement sourciller. Pauvre Solène, elle s'est encore embarquée dans une relation sans lendemain. Coucher avec l'un des jumeaux en rut permanent n'est pas la meilleure idée qu'elle ait pu avoir. Dire que je pensais hier qu'elle n'avait d'yeux que pour Cyril.

Le fait est que moi aussi, j'ai fait l'amour avec quelqu'un aujourd'hui, un gars que je connais à peine, alors que je suis fiancée à Cyril.

Horrifiée, je m'aperçois soudain que j'ai oublié ma bague chez Axel. Quelle andouille !

Je m'imagine sur le haut d'une falaise, face à l'océan. Deux solutions : rester en sécurité à l'endroit où je suis, sur le plateau plat sans relief, ou bien sauter en bas, aventurière et insouciante, sans savoir s'il y aura assez de profondeur pour que je ne m'écrase pas lamentablement sur les rochers invisibles.

— Tu disais quoi ? reprend Cyril.

Je choisis de sauter.

— Toi et moi, on va s'arrêter là.

Un silence interloqué me répond, puis j'entends rire mon interlocuteur.

— Elle est excellente, celle-là ! Mais on n'est pas le premier avril, je te signale.

Je trouve sa répartie tellement idiote que la colère remplace ma contrition. Il est évident que Cyril et moi n'avons jamais été sur la même longueur d'onde.

— Bon, je passe te prendre pour aller chez tes parents ? Tu seras prête à quelle heure ?

— Cyril ! Écoute-moi, putain !

Je suis rarement impolie et il le sait.

— Ne t'énerve pas, je t'écoute.

Je soupire.

— Il faut qu'on parle.

— OK. J'arrive.

Cette fois, il y a de l'anxiété dans son timbre et j'en suis aussi soulagée qu'affolée.

— D'accord.

Je raccroche et file comme une folle dans ma salle de bains. Si Cyril me découvre vêtue avec des frusques masculines qui ne m'appartiennent pas, il va me défenestrer et, en plus, il trouvera que je manque de classe, ce qu'il ne supporte pas.

Je me déshabille et m'offre une douche éclair, regrettant d'effacer de ma peau l'odeur d'Axel, mais consciente qu'il s'agit là d'une nécessité absolue.

Je refuse d'imaginer la réaction de mes parents quand ils apprendront que je ne veux plus me marier avec Cyril, leur chouchou, quant à celle d'Irène, la mère Portal, n'en parlons pas. Elle va me maudire jusqu'à sa mort pour avoir osé repousser son fils adoré.

En clair, je n'ai pas fini de m'en prendre plein les dents, sans jeux de mots, vu l'entourage concerné.

J'enfile un jean et un pull col roulé orange, puis me maquille légèrement. J'hésite à nouer mes cheveux ou les laisser libres. Cyril me préfère avec un chignon, mais Axel m'a confié qu'il adorait ma tignasse indomptable.

Je décide de faire preuve de caractère en choisissant la coiffure intermédiaire, remontant quelques mèches sur l'arrière de mon crâne avec une pince.

Je sursaute quand Cyril pénètre dans mon appartement sans sonner. C'est vrai qu'il possède un double de mes clés.

Je me plante au milieu du salon et croise les bras sur ma poitrine pour camoufler mes mains. S'il s'aperçoit que je n'ai plus sa bague de fiançailles au doigt et qu'il me demande de la lui rendre, je me trouverai dans une sale posture, encore pire que ma situation actuelle.

Il suspend soigneusement sa veste en daim sur une chaise. Impeccable comme toujours, il porte un jean noir et un pull en cachemire gris. Il est rasé de près et je capte l'odeur de Terre d'Hermès, l'eau de toilette que je lui ai offerte à Noël. C'est drôle, j'ai l'impression que cela fait un siècle que nous avons échangé nos cadeaux.

Ses yeux sont légèrement cernés, mais il semble en forme. Cet homme a une santé de fer.

Il me sourit et veut m'enlacer.

C'est maintenant que cela se passe.

— Non, Cyril.

Ses bras retombent mollement le long de son corps. Sa mine déconfite me fait de la peine.

— Qu'est-ce qui t'arrive, pupuce ? Un coup de blues ? Tu stresses à l'idée de te marier, c'est ça ?

Je prends une profonde inspiration.

— Cyril, je t'aime beaucoup, tu le sais.

Il va s'asseoir sur le divan et me fixe avec inquiétude. Je l'ai rarement vu aussi attentif à mes propos, cela me flatterait presque de capter ainsi son intérêt.

— Je tiens beaucoup à toi, mais pas assez pour t'épouser.

Paf ! C'est dit, jeté, balancé. Je pousse un léger soupir de soulagement.

Cyril fronce les sourcils.

— Qu'est-ce que tu racontes, bordel ? Tu as accepté ma bague de fiançailles il y a une semaine.

Je reste les poings serrés, résistant à l'envie de les fourrer dans mes poches. Pourvu qu'il ne me demande pas de lui restituer cette foutue bague aujourd'hui.

Cyril se relève et s'approche de moi à pas lents. Il me dévisage un instant puis sourit, comme soulagé.

— Tu penses qu'il y a un truc entre ta copine Solène et moi, c'est ça ? Elle t'a appelée et raconté pour le baiser de minuit ?

Je reste muette de surprise. Un baiser, avec Solène ? À minuit ? Mais je croyais qu'elle avait couché avec Thierry ? À quel jeu s'amuse mon amie ? Elle serait la Mata Hari du sud de la France et je ne m'en serais jamais douté ?

Devant mon silence, Cyril hausse les épaules.

— Tu venais de partir, j'étais énervé contre toi et j'avais déjà pas mal picolé.

Il émet un petit rire haut perché qui traduit sa gêne.

— J'ai roulé quelques patins à ta copine aux douze coups de minuit. Mais c'était surtout pour le fun, à cause de nos costumes.

— Pour le fun ?

J'ai crié et ma tension profite de cette faille pour exploser.

— Tu as embrassé Solène pour te venger de mon départ ou bien pour une histoire de déguisements assortis ?

Il cligne nerveusement des paupières sans répondre.

Je ricane et secoue la tête.

— J'imagine la surprise de tes invités, notamment celle de ta sœur ! À moins que tous aient applaudi... pour le spectacle folklorique ?

— Nous... nous étions dans le couloir, balbutie-t-il. Personne ne nous a vus.

De mieux en mieux. Mon soi-disant fiancé s'est caché pour bécoter ma meilleure amie en toute tranquillité.

— Embrasser Solène n'était pas une idée lumineuse, remarqué-je d'un ton sec. Déjà que je la soupçonne d'être amoureuse de toi...

Cyril écarquille les yeux.

— Ah bon, c'est vrai ?

Il se reprend aussitôt.

— Mais tu délires ou quoi ?

Je recule quand il cherche à me toucher.

— Clém, c'est toi que j'aime et que je veux épouser !

Je soupire et porte les mains à mes joues brûlantes. Bon sang, nous sommes en plein méli-mélo des sentiments.

Je fixe Cyril et visualise Solène dans ses bras. Honnêtement, je ne ressens aucune pointe douloureuse au cœur, ce qui me conforte dans ma décision de rompre avec lui. Je vais même m'empresser d'exploiter ce dérapage pour servir mes desseins.

— Tu as embrassé Solène et, ensuite, tu l'as jetée dans les bras de cet imbécile de Thierry qui est prêt à coucher avec tout ce qui bouge ?

Cyril paraît troublé.

— Non, pas du tout. Je ne les ai pas vus partir ensemble, d'ailleurs. C'est Rémi qui m'a mis au courant, tout à l'heure.

Il me considère avec méfiance. Il ne sait plus sur quel pied danser et cela m'arrange.

Je feins de réfléchir.

— Tout le monde sait que l'alcool désinhibe et nous fait oser des choses qu'on rêve de faire, mais que l'on s'interdit en étant à jeun, n'est-ce pas ? Si la tenue de Cléopâtre avait été portée par une nana qui te déplaisait, je parie que tu ne lui aurais pas fait de bisous, même pour fêter le passage à la nouvelle année. Tu t'es lâché avec ma copine parce qu'elle t'attire, c'est évident.

Cyril pousse un grognement d'ours en colère.

— Mais qu'est-ce que tu m'emmerdes avec Solène ! Je m'en tape, de cette fille !

— Mais tu as mis ta langue dans sa bouche et plusieurs fois en plus !

Cyril pince les lèvres et passe une main nerveuse dans ses cheveux.

Puis soudain, une lueur guillerette apparaît dans ses yeux et il hoche la tête d'un air entendu.

— Tu es jalouse, pupuce. C'est donc que tu m'aimes encore.

— Arrête de m'appeler pupuce ! hurlé-je.

Je suis en rage, surtout contre moi-même. J'ai raté ma plaidoirie destinée à rendre coupable celui qui l'est moins que l'autre.

Je rassemble mes idées, inspire profondément pour recouvrer mon calme. Je dois cesser de tourner autour du pot.

— Je ne vais pas t'épouser, Cyril. Jamais. Je n'ai jamais eu envie de le faire et j'ai décidé de rompre avec toi cette nuit en quittant ton appartement parce que j'ai compris que nous n'avions pas d'avenir ensemble.

Il ouvre la bouche, mais aucun son n'en sort.

— Je regrette d'avoir accepté ta demande en mariage le jour de Noël. Tu m'as prise au dépourvu, devant nos deux familles, je n'ai pas eu le temps de réfléchir.

Cyril me contemple avec stupeur.

— Qu'est-ce que tu racontes ? Cela fait plus d'un an qu'on est ensemble, il me semble qu'on a fait des projets et que tu savais bien que je finirais par t'épouser. Je te rappelle qu'on doit aller à Prague pour Pâques, que tu t'es occupée de réserver les billets d'avion et l'hôtel.

Il a repris l'avantage. Son ton est devenu froid et je n'en mène pas large.

— Qu'est-ce que je t'ai fait pour que tu veuilles me quitter ? aboie-t-il.

— Tu n'as rien fait, ce n'est pas de ta faute. Tu comptes beaucoup pour moi, mais je serais malhonnête d'accepter de t'épouser, sachant que mes sentiments pour toi ne sont pas assez forts pour m'engager dans une vie à deux.

Les yeux clairs de Cyril se plissent sous l'effet de la colère.

— Tu penses à tes parents ? Aux miens ?

Je hausse les épaules.

— Mes parents s'en remettront. Ils veulent mon bonheur avant tout. Quant aux tiens, je ne suis pas sûre que ta mère m'adore, de toute façon.

Je tente de sourire en signe d'apaisement.

— Cela ne t'empêchera pas de t'associer avec papa, tu sais. Je ne cherche pas à ce que nous devenions des ennemis.

Cyril s'approche de ma table en verre et frappe dessus avec le poing, ce qui me fait sursauter.

— Tu te fous de ma gueule, Clémentine ? Tu veux que je passe pour un con devant tout le monde… mes amis, ma famille ?

Il me toise avec une telle rancœur que je fais un pas en arrière.

— Où est ta bague ? interroge-t-il alors en fixant mes doigts.

Je pâlis et recule encore, allant buter contre la porte-fenêtre.

— Je vais te la rendre, balbutié-je.

— Donne-la-moi, maintenant !

Il tend la main, paume ouverte.

Nos regards croisent le fer et je me demande comment j'ai pu être aussi distraite en oubliant cet anneau chez Axel.

— Je vais te la rendre, répété-je comme un perroquet têtu.

— Tout de suite !

Il s'approche de moi, menaçant, et je songe qu'il va finir par m'étrangler. Au secours, Dieu tout-puissant, si tu es dans le coin, fais quelque chose pour moi !

La sonnerie de mon téléphone nous fait tressaillir tous les deux.

Miracle. Merci, Seigneur !

Je me rue littéralement sur mon portable pour décrocher.

— Salut, maman !

— Hello, ma chérie. Meilleurs vœux ! Vous avez passé une bonne soirée, hier ? Tu as bien commencé l'année ?

*Oh, oui, mamounette. J'ai fait l'amour avec un homme merveilleux que je connais à peine et je suis actuellement en train de m'écharper avec mon fiancé. Un début d'année de folie !*

— Maman…

Je fixe Cyril, qui m'adresse un sourire narquois. Je rêve ou il espère que je flanche ?

— Maman, Cyril et moi, nous ne sommes plus ensemble. C'est fini.

Je n'ai pas le temps de jauger la réaction de ma mère, car Cyril se saisit de mon iPhone.

— Bonjour, Sonya, c'est moi. Votre fille est devenue folle, je ne la reconnais pas. Elle vient de rompre nos fiançailles et elle a perdu ma bague ou même jetée, je ne sais pas encore.

Il écume de rage, mais je décèle aussi de la tristesse dans sa voix. Touchée, je vacille et dois m'adosser contre la fenêtre. Je mesure soudain les conséquences de ma conduite et le remords m'assaille. Suis-je réellement devenue dingue, comme le pense Cyril ?

— Essayez de lui faire entendre raison, moi, je n'en peux plus, continue Cyril.

Il me rend le portable sans me regarder et va enfiler sa veste.

— Je me tire. Tu m'appelles si tu changes d'avis. Je te laisse jusqu'à demain matin.

Je fronce les sourcils. Cet ultimatum condescendant a l'avantage de me redonner du courage.

— Je ne reviendrai pas sur ma décision, Cyril.

Il ne répond pas et se dirige vers la porte. Avant de partir, il sort les clés de chez moi de sa poche et les jette à terre.

Le battant se referme avec brutalité derrière lui et je reste figée un instant, incapable de réagir.

— Clémentine, ma chérie, tu es là ?

La voix angoissée de ma mère me ramène sur terre.

— Oui, je suis là.

J'éclate en sanglots, serrant le combiné contre mon oreille.

J'ai tout gâché, tout.

Je suis redevenue célibataire, j'ai déçu Cyril et je vais maintenant devoir me justifier face à mes parents.

— Clémentine, ne pleure pas ! supplie maman.

Je l'entends discuter à voix basse avec quelqu'un, mon père assurément. Mes larmes redoublent d'intensité en imaginant sa contrariété. Je ne vais pas épouser son futur associé.

Va-t-il me renier ?

— Clém ? C'est papa. C'est sérieux, cette histoire de rupture ?

— Pardon, je suis désolée.

— Allons, ma fille, calme-toi. Les disputes entre amoureux sont monnaie courante, cela doit pouvoir s'arranger.

J'essaie de repousser mon agacement.

— Non, papa. Je n'aime plus Cyril, je ne sais même pas si je l'ai vraiment aimé un jour. Je ne peux pas l'épouser.

Mon père garde un instant le silence.

— C'est toi qui décides, Clémentine. Réfléchis bien, quand même.

Il échange quelques mots avec ma mère, que je ne distingue pas.

— Tu veux qu'on passe te voir ?

— Non, j'ai besoin de rester seule. Je viendrai déjeuner avec vous demain midi.

Ma mère reprend le combiné.

— Tu peux dîner avec nous ce soir, comme prévu, cela te changerait les idées.

Je souris à travers mes larmes.

— Merci, maman, mais je n'ai pas la tête à bavarder avec les oncles et tantes. Tu ne m'en veux pas ?

— Bien sûr que non, ma chérie. Il restera largement de quoi manger demain. Nous t'excuserons auprès d'eux.

Elle toussote.

— Par conséquent, Cyril ne viendra pas non plus, j'imagine ?

La question semble bête, mais, en y réfléchissant, Cyril pourrait bien avoir l'idée d'honorer l'invitation de mes parents, rien que pour discuter de moi avec eux.

— Je vais l'appeler, annonce mon père qui a repris le téléphone.

J'envisage un instant de lui indiquer qu'une touche haut-parleur existe, permettant de dialoguer à plusieurs, mais il y a plus urgent que d'évoquer la technologie.

— Papa, je ne reviendrai pas sur ma décision. Ne va pas lui faire croire ça.

Je l'entends soupirer.

— Très bien. J'ai compris.

Il racle sa gorge.

— Je m'en serais voulu si j'avais appris un jour que tu l'avais épousé pour me faire plaisir.

Je refoule un nouvel assaut lacrymal.

— Merci, papa.

Je raccroche et me dirige vers ma chambre d'un pas d'automate, les jambes molles comme du coton. Je suis épuisée et dans l'incapacité de continuer à réfléchir.

Je mets mon téléphone sur la table de chevet et me glisse sous les draps, éteins la lumière et ferme résolument les paupières.

Je ne parviendrai jamais à dormir, il y a trop de chahut dans mon esprit. Je dois juste essayer de faire le vide à l'intérieur… en mode méditation.

Je tente de me remémorer les conseils donnés par ma prof de gym quand je vais à la salle de sport – rarement donc – et suis ses cours de Pilates.

*Inspire, expire… c'est bien.*

*Libère-toi de tes chaînes…*

*Sois ta propre amie. Porte un regard empli de bienveillance sur ton corps, tes cellules, ta vie. Quitte le monde de la critique et des crises à répétition et entre dans celui de la conscience éveillée et du savoir-être...*

# Chapitre 27

## *Clémentine*

La sonnerie de mon iPhone m'extirpe d'un sommeil agité dans lequel je me battais contre une pieuvre géante qui avait l'avantage. Visiblement, j'ai raté une étape dans ma séance de méditation.

J'hésite à répondre en voyant le visage de Solène s'afficher sur mon écran. Je n'ai pas grande envie de discuter avec quelqu'un ce soir, mais comme elle vient de me permettre d'échapper à des ventouses gluantes, je lui dois bien un petit coucou.

— Allô ?

Je l'entends respirer bizarrement.

— Clém ? C'est moi. Tu es seule ?

Je m'assois sur le lit et consulte mon réveil. Vingt et une heures quinze. J'ai dormi près de deux heures.

— Oui, je suis chez moi.

— Je sais que tu es chez toi. J'ai appelé ta mère pour lui souhaiter la bonne année. Elle m'a dit, pour Cyril et toi.

Elle a une voix hachée qui m'intrigue.

— Tu fais quoi… un jogging ?

Elle rit nerveusement.

— Non, en fait je suis au pied de ton immeuble, complètement frigorifiée. Il s'est remis à neiger.

J'allume la lampe de chevet.

— Ben, tu attends quoi pour sonner ?

Elle émet un nouveau bruit bizarre. Un claquement de dents ?

— Je… je ne savais pas si tu… accepterais de m'ouvrir.

La mémoire me revient d'un coup. Solène et Cyril, à minuit. Cléopâtre et Jules César en train de se rouler des pelles dans le couloir.

— Monte vite, bêtasse. Tu vas prendre froid.

Je me lève et m'étire. Mon estomac gargouille, me rappelant que j'ai peu mangé aujourd'hui. Juste quelques gâteaux secs trempés dans du lait en compagnie d'Axel, ses œufs au bacon carbonisés s'étant avérés inconsommables.

Axel. Mon bas-ventre se noue en songeant à lui. Je consulte mon téléphone dans l'espoir d'y trouver un message de lui, mais il n'y en a pas.

Je repousse ma déception en supposant qu'il est occupé, puisqu'il devait dîner avec sa tante.

Est-ce que je dois lui envoyer un texto maintenant pour lui annoncer que j'ai rompu avec Cyril, ou dois-je attendre demain ? Que me conseillerait le guide des relations amoureuses ?

Solène frappe à la porte de mon appartement, ce qui m'évite de prendre une décision.

Je vais lui ouvrir et nous échangeons deux bises rapides.

— Bonne année, dis-je en m'effaçant pour la laisser entrer. Tu veux une soupe de légumes ? Je vais m'en faire chauffer un bol.

— Non, merci. Je n'ai pas faim.

Je lui jette un regard. Elle a mauvaise mine et semble sur le point de pleurer.

— Ça va, Soso ?

— C'est à toi qu'il faut le demander, répond-elle d'une petite voix.

J'ai pitié de son air de chien battu.

— Je suis au courant pour tes baisers avec Cyril, si c'est pour cela que tu te tracasses.

Elle rougit et s'affale sur la méridienne.

— J'avais un peu trop bu, tu sais… Je suis tellement désolée, cela n'aurait jamais dû arriver.

Je m'installe à ses côtés et prends sa main.

— Solène, ma rupture n'a rien à voir avec toi. J'avais décidé de quitter Cyril avant même d'être au courant de vos… échanges. Tu n'as pas besoin de t'en vouloir.

Elle presse mes doigts avec ferveur.

— C'est vrai, tu n'es pas en colère contre moi ? Oh merci, j'avais peur que tu me rayes de ton existence.

Je lui pince le bras.

— Dis-moi plutôt ce qu'il t'a pris de partir avec Thierry.

Ses yeux s'humidifient aussitôt.

— Il n'a pas arrêté de me chauffer durant la soirée, alors après ce qui s'était passé entre Cyril et moi, même si cela ne signifiait rien, j'ai pensé que ce serait bien de m'en aller avec un type… pour montrer à Cyril qu'il ne m'intéressait pas, parce qu'il est ton fiancé. Du moins, il l'était encore au moment où j'ai accepté de suivre Thierry.

Elle est tellement mignonne de s'embrouiller ainsi que je me penche pour embrasser sa joue.

— Je vois à peu près le topo. En fait, tu as couché avec Thierry par stratégie plus que par envie.

Elle hausse les épaules.

— Non, même pas. Il s'est endormi dans ma voiture, donc je l'ai simplement raccompagné chez lui.

Je ne peux m'empêcher de pouffer.

— Ah oui ? Il affirme pourtant être un amant hors pair toujours d'attaque.

— Que nenni, rétorque Solène. Une vraie crêpe qu'il a fallu aider à descendre de bagnole. La prochaine fois, j'essaierai le frère, on ne sait jamais.

Nous rions ensemble, heureuses d'avoir retrouvé notre complicité.

— Un verre de chardonnay avant la soupe ? proposé-je.

Elle accepte avec joie et me suit dans la cuisine.

— Tu veux m'expliquer, pour Cyril et toi ? demande-t-elle timidement.

Je remplis deux coupes et lui en tends une.

— On va faire un marché : je te raconte ce qui m'arrive depuis quinze jours et, en échange, tu réponds à une seule question, en toute franchise.

Elle me considère avec amusement, puis hoche la tête.

— Je pose d'abord ma question, fais-je avec malice.

Elle boit une longue gorgée de vin.

— Vas-y.

Je la fixe avec attention.

— Solène Rouvel, êtes-vous, oui ou non, amoureuse de Cyril Portal, chirurgien-dentiste de profession et anciennement fiancé à votre meilleure amie, Clémentine Ohayon ici présente ?

Solène contemple le plafond, puis son verre, puis le plafond, puis achève de vider son verre que je réapprovisionne aussitôt.

— Je ne sais pas comment c'est arrivé, mais la réponse est oui, malheureusement, soupire-t-elle.

Je lui souris pour lui montrer que je ne suis pas choquée.

— Depuis longtemps ?

— Depuis la première fois que tu me l'as présenté, je crois, avoue-t-elle. C'était l'année dernière, à la fête du beaujolais nouveau.

Je me souviens de cette soirée. J'étais avec Cyril depuis peu et avais tenu à ce qu'il rencontre quelques amis à moi, dont Solène. C'est vrai qu'ils avaient beaucoup discuté et ri ensemble.

— Mais tu l'as peu revu après ça, pourtant ? Quatre ou cinq fois, je dirais ?

Solène hausse les épaules.

— Et bien, peut-être que cela suffit pour ressentir ce qu'on appelle un coup de foudre, même s'il n'est pas réciproque.

Elle fronce le nez.

— De toute façon, je savais qu'il t'aimait, toi, alors je ne devais même pas me demander si j'avais une chance ou non de lui plaire.

Je bois une gorgée de blanc en réfléchissant. La vie est tellement surprenante, parfois. Solène a ressenti pour Cyril ce que j'ai vécu en rencontrant Axel. Le coup de foudre nous est tombé dessus sans que nous puissions lutter.

— Tu aurais pu me faire part de tes sentiments pour lui dès le départ, fais-je remarquer.

Elle grimace.

— Sûrement pas ! Je refusais d'admettre une telle horreur. Cela ne se fait pas de craquer pour le mec de sa copine, figure-toi.

J'approuve d'un hochement de tête, consciente que j'aurais certainement mal pris cette confession quelques semaines plus tôt.

— À toi de me raconter ce qui se passe dans ta vie, ordonne Solène.

Je lève la main.

— Attends, dis-moi encore une chose.

— Tu ne devais me poser qu'une seule question, remarque Solène.

— C'est important.

Je laisse s'écouler un silence théâtral.

— Qu'as-tu ressenti quand Cyril t'a embrassée, cette nuit ?

Solène se trouble à nouveau.

— Arrête, tu me gênes trop. C'était ton homme il y a encore quelques heures.

— S'il te plaît, Soso. Cela t'a fait quoi, quand ses lèvres se sont posées sur les tiennes ?

Mon amie prend un air rêveur.

— J'ai eu chaud dans le ventre, j'ai eu très envie de sentir sa langue contre la mienne. S'il n'avait pas été ton fiancé, je crois que je lui aurais proposé d'aller faire un tour dans la chambre.

J'écarquille les paupières, puis éclate de rire.

— Bon sang, tu l'as vraiment dans la peau ! C'est un truc de dingue, non ?

Mon amie me dévisage avec inquiétude.

— Tu vas bien, Clém ? Qu'est-ce qu'il y a de génial dans le fait d'être attiré par quelqu'un qui ne vous calcule pas ?

Je bois une gorgée de vin.

— Solène, Cyril a besoin d'une femme comme toi, je te l'ai déjà dit. Lui et moi, c'était un mauvais aiguillage, c'est évident ! Repense à cette journée que vous avez passée ensemble à faire les achats de Noël, n'étiez-vous pas super complices ? Vous êtes revenus chez moi avec des étoiles plein les yeux, je m'en souviens, car cela m'avait frappée.

Le visage de Solène s'illumine à cette évocation.

— Oui, mais...

— Laisse-moi terminer ! Cyril ne se lâche pas souvent en public, sauf quand il se trouve avec toi. Cela aussi je l'ai noté à chacune de vos rencontres. Et... il t'a embrassée pour fêter le passage à la nouvelle année, plusieurs fois même...

Je lui envoie un clin d'œil.

— Après tout ça, tu vas me dire que tu ne lui plais pas ?

Solène esquisse une moue réprobatrice.

— Tu essaies de me le vendre ou quoi ? C'est pour te donner bonne conscience ? Je ne te comprends pas, tu ne peux pas être restée avec lui plus d'un an sans l'aimer.

Devant sa surprise, je me sens bête et m'astreins à réfréner un enthousiasme qui donne l'image d'une fille méprisable.

— Non, j'ai cru un moment qu'il serait mon mari. Mais nous deux, cela ressemblait à une liaison de raison parce que j'avais envie de me caser et qu'il était gentil, surtout au début. Il me faisait rire avec ses blagues qu'il sortait en gardant son sérieux.

Je replonge plusieurs mois en arrière et me revois insouciante, presque fière d'avoir pour fiancé le futur associé de mon père. Quelle triste vision de l'amour !

Agacée de mesurer à quel point je me suis montrée superficielle, j'esquisse une grimace penaude.

— Cyril est un mec bien, mais il n'est pas celui qu'il me faut.

Solène m'étudie avec circonspection, puis pousse un soupir las.

— C'est un mec bien qui ne s'intéressera jamais à moi sérieusement. Je n'attire que les ratés, tu le sais.

Je lui tapote l'épaule.

— Laisse-lui un peu de temps. Quelque chose me dit que vos chemins ont des chances de se croiser pour de bon.

Mon amie soulève mon menton et examine attentivement mon visage à la lumière du plafonnier.

— Je te trouve bien légère et romantique pour une nana qui vient d'annuler son mariage. Tu n'aurais pas rencontré quelqu'un, par hasard ?

Je prends la bouteille de vin et me dirige vers le salon.

— Suis-moi, ma poule. Je vais te raconter une belle histoire de Noël.

# Chapitre 28

## *Clémentine*

Une fois Solène rentrée chez elle vers minuit, je retourne me réfugier sous ma couette et décide de répondre à tous les souhaits de bonne année que j'ai reçus de mes connaissances plus ou moins proches. Il s'agit la plupart du temps d'envois groupés qui m'irritent un peu. J'essaie d'écrire à chacun une petite phrase personnalisée, ce qui me prend un temps fou.

Vers une heure du matin, alors que je commence à somnoler devant mon écran, une notification m'indique que je viens de réceptionner un message d'Axel. Mon cœur effectue un double salto et je sors aussitôt de mon état légumineux.

« Ça va, Clémentine ? »

Je souris. On fait mieux comme message romantique, mais je trouve déjà adorable qu'il m'en adresse un au milieu de la nuit.

« Oui. J'ai parlé à Cyril. Il n'y a plus de mariage. »

Je poste ma réponse, puis me mords les lèvres. Peut-être va-t-il croire que j'ai annulé la cérémonie, mais pas stoppé ma relation ?

Je peste contre l'invention des SMS qui manquent de finesse. Pour autant, je n'ose pas joindre Axel afin de communiquer avec lui de vive voix. Cette idée m'intimide trop.

Je décide de préciser :

« À ce propos, j'ai une bague à récupérer chez toi. Je dois la restituer à Cyril puisque tout est fini entre lui et moi. »

Un message s'affiche aussitôt :

« Il a bien réagi ? Et toi, ton moral ? »

Je souris, touchée par la dernière question. Cela peut paraître idiot, mais je n'ai jamais eu de petits amis réellement intéressés par ce que je pouvais ressentir. Bon, il faut dire que je n'ai pas eu beaucoup de relations suivies. Pour n'évoquer que Cyril, on ne peut pas dire qu'il se souciait beaucoup de mes états d'âme. Peut-être parce que je m'efforçais toujours d'être gaie et enjouée pour lui plaire. Si j'avais été sincère avec lui dès le départ et n'avais pas joué les copines conciliantes pour éviter les conflits, nous n'en serions peut-être pas arrivés là. Mieux, il ne m'aurait jamais proposé un deuxième rendez-vous après le premier, il y a un an et trois mois. Il m'avait emmenée dans un bar branché au bord de la plage, que j'avais décrété a-do-rer alors que je trouvais l'ambiance particulièrement plate. J'ai joué un rôle avec lui dès le départ.

« Je vais bien, merci. »

J'ajoute un petit smiley qui sourit et mon doigt hésite un instant avant de poursuivre :

« M. Teissier, vous me manquez. »

Je rougis toute seule et repousse ma couette avec impatience. Elle me donne chaud.

Je me remémore les caresses d'Axel sur mon corps, sa bouche sur la mienne, sa langue léchant ma peau puis ma…

« Vous me manquez aussi, mademoiselle Ohayon. Lit trop vide sans vous à l'intérieur, je n'arrive pas à dormir. »

Je ferme un instant les yeux pour savourer le plaisir que me procure cet aveu.

« Vous voilà face à un sacré pépin, docteur. Il faut pourtant dormir pour récupérer. »

Je fixe l'écran en souriant, mais il reste muet. Les minutes s'égrènent avec une lenteur exaspérante. L'inquiétude me redonne froid et je remonte la couverture sur mon ventre. Qu'est-ce que j'ai dit de mal ? Me suis-je montrée maladroite… ou pire… ridicule ?

« Axel, t'es-tu fait enlever par des extra-terrestres ? »

Je compte quarante secondes – de supplice – avant que Messenger se décide enfin à biper.

« J'étais allé manger une clémentine. Son jus était sucré et un peu acide. C'était bon, mais j'ai encore faim. »

Oups ! Je subis l'assaut d'une nouvelle vague de chaleur. Ces échanges ne deviendraient-ils pas érotiques ?

J'adore… mais je ne sais pas quoi répondre. Je n'ai pas l'habitude d'écrire ce genre de textes, le métier d'institutrice en cours préparatoire étant assez éloigné de l'univers du marquis de Sade.

Mon cerveau frôle l'ébullition tandis que je réfléchis à ce que je pourrais renchérir. Finalement, c'est Axel qui se manifeste à nouveau :

« On se voit ce soir ? Je travaille jusqu'à dix-huit heures, mais ensuite j'ai quatre jours de repos… que j'aimerais passer avec toi. À moins que tu n'aies prévu autre chose ? »

Je lève à plusieurs reprises les bras au plafond. On pourrait me prendre pour une supportrice exaltée devant un match de foot.

Quatre jours avec Axel, lui et moi, ensemble… pendant quatre-vingt-seize heures !

Je devrais m'en vouloir de ressentir un tel bonheur, mais je n'y arrive pas. Je suis trop heureuse.

« Tu viens chez moi dîner ? Je te ferai un super repas. » (Obligée de rajouter un smiley qui rigole.)

« OK. Je prends mon pyjama ? »

Je glousse et passe une main caressante sur mes seins, chose que je ne fais évidemment jamais quand je suis dans un état normal.

« Non. Je te veux nu… et affamé. »

Embrasement de mon bas-ventre. J'admets que ce n'est pas le sexto le plus extraordinaire qu'on puisse rédiger, mais, pour une première, je trouve que je m'en sors pas mal.

Un dernier bip pour annoncer la réponse de mon interlocuteur :

« Tu ignores à quel point mon appétit devient énorme quand tu es face à moi. À ce soir, Clémentine. »

« À ce soir, docteur Teissier. »

# Chapitre 29

## *Axel*

Dix-neuf heures. Je sors de ma douche et viens d'enfiler un jean quand mon téléphone sonne, affichant un 06 inconnu.

— Axel Teissier, j'écoute.

— Bonsoir, Axel. Ici Lydie.

— Heu… qui ?

Raclement de gorge.

— Lydie, la maman de Lisa.

Je me fige de surprise. C'est quoi, ce plan ?

— Axel, je t'appelle sans que Lisa ne soit au courant.

En entendant la voix de mon interlocutrice se briser, les poils de mes bras nus se hérissent d'appréhension.

— Qu'est-ce qui se passe ?

— Lisa a eu un accident de voiture hier matin, en revenant de son réveillon.

Je me cramponne au rebord de l'évier d'une main maladroite. Les pires scénarios me viennent à l'esprit et ma gorge se contracte douloureusement.

— Comment va-t-elle ? croassé-je.

— Elle a un léger traumatisme crânien, des fractures de côtes à droite et le fémur cassé à droite aussi. Elle était passagère et la fourgonnette les a percutés de son côté.

Je retrouve pour un instant mes réflexes d'orthopédiste.

— Elle a été opérée ?

— Oui. Ils ont placé un clou dans sa jambe. Ils disent qu'elle remarchera normalement, après la rééducation.

Je déglutis avec peine.

— Et le bébé ?

Nouveau sanglot au bout du fil.

— Il n'y a plus de bébé.

Je quitte la chambre en chancelant, l'iPhone plaqué contre mon oreille.

C'est de ma faute. Tout cela est de ma faute. Lisa ne serait jamais allée en Bretagne si j'avais réagi autrement à l'annonce de sa grossesse. Elle n'aurait jamais eu cet accident et le bébé serait toujours en vie.

Des larmes montent à mes yeux et je frappe mon front avec le poing. Je ne suis qu'un sale con.

— Elle se trouve dans quel hôpital ?

— À la Cavale Blanche, à Brest. Elle est entre de bonnes mains, mais je pensais qu'il fallait que tu sois au courant, même si Claude n'était pas d'accord avec...

Je ne laisse pas Lydie terminer sa tirade dont je me fous comme de l'an quarante.

— J'arrive, fais-je d'un ton sec.

Je raccroche et mesure ce que je viens de dire. Lisa se trouve actuellement à mille bornes de Montpellier, j'ai intérêt à partir dès maintenant si je veux être auprès d'elle demain matin.

Un peu dépassé par la situation, je tourne trois fois sur moi-même comme un chien fou, puis m'affale sur une chaise. Mes yeux tombent sur la bague de fiançailles de Clémentine. Dois-je l'appeler pour annuler notre soirée ou bien passer chez elle afin de lui dire que je me rends d'urgence en Bretagne ?

Je pense aux messages que nous nous sommes envoyés cette nuit pendant que Lisa devait souffrir dans son lit d'hôpital et le remords finit de m'anéantir. Comment pourrais-je revoir Clémentine alors que j'ai tué un enfant dans le ventre de sa mère, par égoïsme ? Dois-je continuer à fréquenter cette fille qui a chamboulé mon existence ? En ai-je le droit ?

Je vais enfiler un pull et attrape une bouteille d'eau dans mon frigo. Je l'ouvre et la bois à moitié, tellement ma gorge est sèche.

C'est avec nervosité que je reprends mon iPhone.

— Clémentine ? C'est Axel.

— Oui ?

— Écoute, il y a un contretemps pour ce soir, je ne viendrai pas.

Une exclamation déçue me répond.

— Lisa a eu un accident en Bretagne. Grave. Elle est hospitalisée et a perdu notre bébé.

Énoncer cette réalité est insupportable. Je ne me pardonnerai jamais. Impossible.

— Je pars ce soir, précisé-je. Je dois aller la voir.

— Je comprends, murmure Clémentine.

Non. Elle ne comprend pas. Comment le pourrait-elle ?

— Tu… tu me tiens au courant, Axel ?

Une colère injustifiée envers elle m'arrache un soupir exaspéré.

— Je ne sais pas… oui. On verra.

— On verra ? répète Clémentine.

De longues secondes de silence s'égrènent, lourdes de sens.

— Je… je suis désolée pour toi, murmure-t-elle enfin. Pour vous… je veux dire. Vraiment navrée, Axel.

Et elle me raccroche au nez. Comme ça.

J'émets un ricanement amer, puis jette mon téléphone sur le canapé d'un geste rageur.

Pas de temps à perdre. J'ai un sac de voyage à préparer et une dizaine d'heures de bagnole qui m'attendent, de nuit, sous un ciel gris laissant craindre une pluie verglaçante.

Je me gare devant l'hôpital de la Cavale Blanche à dix heures trente-cinq du matin. J'ai mis près de treize heures pour arriver jusqu'ici. Je n'ai fait que deux arrêts sur la route, un pour avaler un club sandwich et deux RedBull, et un autre vers trois heures sur une aire de repos, afin de m'octroyer quarante-cinq minutes de somnolence peu réparatrices.

Épuisé, mais nerveux à la perspective de voir Lisa, je scrute le ciel gris d'un œil morne. Après avoir eu un épisode de pluie battante aux alentours de Nantes, j'ai maintenant droit au crachin typique de la région, c'est du moins l'idée que je m'en suis toujours fait.

J'inspire profondément et sors de voiture. Ayant consulté au préalable le plan de l'établissement, je repère vite le bloc 3 dédié à la chirurgie orthopédique. En ce matin de début de semaine, et en l'occurrence en début d'année, on sent dans ces locaux une effervescence propre à un service qui fonctionne à plein pot.

— Bonjour, je suis Axel Teissier, orthopédiste à Montpellier, annoncé-je à la jeune femme assise derrière le comptoir d'accueil.

J'ignore pour quelle raison j'affiche ainsi mon titre, comme s'il s'agissait d'un sésame susceptible de me dérouler un tapis rouge.

— Bonjour, docteur, fait la réceptionniste d'un air un peu étonné. Vous êtes attendu par le professeur Novack ?

— Non. Je viens voir une amie qui a été opérée avant-hier. Lisa Gestin.

J'ai l'impression que la fille me jauge avec suspicion. Je suppose qu'elle note ma sale gueule, mes cheveux décoiffés et mes traits tirés.

— Lisa est ma fiancée, précisé-je en m'efforçant de sourire. Mais comme j'arrive en urgence de Montpellier, je n'ai pas eu le temps de lui demander son numéro de chambre.

Elle sourit à son tour, soudain compatissante.

— Très bien. Je comprends.

Elle tapote sur son ordinateur.

— Chambre 310. Vous pouvez y aller.

— Merci.

Je prends l'ascenseur et m'appuie contre la paroi glacée, passant deux mains nerveuses sur mes joues. Le moins qu'on puisse dire est que je ne suis pas détendu.

La porte de la chambre 310 est entrouverte. J'entends les bribes d'une conversation, puis une ASH[1] en sort, remportant le plateau du petit déjeuner.

Elle me salue sans refermer derrière elle, comprenant mon intention de pénétrer dans la pièce.

Je reste pourtant quelques secondes immobile avant de me décider à frapper.

— Entrez, fait la voix de Lisa.

La sueur s'invite sous mes aisselles, mais je ne vais pas reculer maintenant. J'avance à pas lents, songeant un peu tard que j'aurais pu penser à apporter des fleurs.

En me voyant, Lisa ne manifeste aucune émotion, pas même de la surprise.

Mon œil de médecin se pose sur son attelle de poignet, puis sur le drain qui sort de ses draps, au niveau de sa hanche opérée.

— Salut, fais-je en me plantant près du lit.

Nous échangeons un long regard qui me met au supplice. Je déteste voir ma fragile Lisa entre ces draps blancs, dans le rôle de la patiente. Son corps

1 Agent de service hospitalier.

menu semble perdu dans ce lit médicalisé. Ma gorge se contracte à l'idée que je suis responsable de sa situation.

— Tu n'avais pas besoin de venir, lâche-t-elle alors.

Je veux saisir sa main qu'elle retire immédiatement. Je m'assois dans le fauteuil.

— Tu ne souffres pas trop ? interrogé-je doucement. Ta hanche, ça va ?

— Super. Je vais être impotente une bonne quinzaine de jours et incapable de travailler pendant au moins un mois. Bilan, je vais perdre de l'argent et devoir me taper des séances de rééducation. À part ça, tout baigne.

Je ne trouve rien à répondre et fixe le drain qui pend le long du lit.

— On t'a placé un clou Gamma ? Pourquoi ce drain ?

Lisa lève les yeux au ciel.

— Je n'en sais rien. Le drain, c'était par précaution, mais il ne donne rien, alors on me l'enlève aujourd'hui.

— Je vais demander ton dossier au service et voir le chirurgien, continué-je, lâchement heureux de me retrancher derrière ma compétence médicale.

Lisa soupire.

— Pourquoi fais-tu mine de t'inquiéter, Axel ? Tu n'es pas le seul orthopédiste efficace en France, je te signale.

Je passe la main dans mes cheveux.

— Oui, je sais. C'est juste qu'on ne place plus de drain à la suite d'une fracture, a priori, alors je voudrais comprendre.

Je dois vraiment avoir l'air piteux, car les traits de Lisa se radoucissent.

— Je suis certaine que mon chirurgien a fait au mieux, ne t'en fais pas.

Je hoche la tête et nous nous observons à nouveau.

— C'est maman qui t'a téléphoné, je suppose ? reprend Lisa.

— Oui. Elle a eu raison.

— Non, elle a eu tort. Tu ne feras rien de plus ici.

Nouveau silence.

Cette fois, je capture sa main sans lui laisser la possibilité de me la refuser et je serre ses doigts frêles dans mes paumes.

— Je suis désolé… pour le bébé. Tu n'imagines pas à quel point.

Les yeux de Lisa se remplissent de larmes et je vois bien qu'elle essaie vainement de les refouler.

— Inutile de jouer l'attristé, déclare-t-elle. Cela ne sert plus à rien.

Ma gorge se serre. C'est maintenant que je devrais la prendre dans mes bras et l'embrasser, que je devrais lui dire que nous allons rattraper le fil de notre histoire et que tout va bien se passer entre nous désormais, mais j'en suis incapable.

J'aime énormément cette femme et la respecte beaucoup, mais sa bouche n'appelle plus la mienne, à mon grand regret. Est-ce moi qui déraille ou bien le lien est-il définitivement rompu entre nous ?

Lisa essuie ses yeux avec le bord du drap et me détaille avec curiosité.

— Pourquoi es-tu venu, Axel ?

Je presse sa main.

— Parce que je m'en veux pour cet accident, parce que je tenais à vérifier par moi-même que tu avais été prise en charge correctement dans cet hôpital.

Je racle ma gorge.

— Parce que je suis un gros con, que c'est de ma faute si tu te trouves dans ce lit. Tu dois me haïr et je te comprends. Je ne cherche pas ton absolution, rassure-toi, il fallait juste que je te voie.

Lisa esquisse un léger sourire.

— D'accord. C'est gentil.

Elle racle sa gorge.

— Tu comptes rester un peu ?

— Je vais prendre une chambre d'hôtel près d'ici, pour cette nuit au moins.

— D'accord, fait-elle à nouveau.

Elle récupère sa main et consulte sa montre.

— Va te reposer, tu as l'air fatigué. De toute façon, je vais avoir des visites, mes parents et sûrement quelques amis.

Je comprends qu'elle ne veuille pas que ma route croise celle de ses géniteurs, moi-même n'y tiens guère.

J'esquisse un sourire embarrassé. Lisa était ma fiancée la semaine dernière encore et, aujourd'hui, nous n'avons plus rien à partager.

— Je reviendrai te voir en fin d'après-midi, ou demain matin ?

— Demain, plutôt. Je te l'ai dit, je vais avoir pas mal de visites et j'ai besoin de récupérer.

J'acquiesce docilement, déstabilisé par sa froideur que je mérite pourtant mille fois.

— À demain, alors. Si tu as besoin que je te rapporte quelque chose, tu m'appelles ?

— Mmm.

Je sors de la chambre et reste un instant posté devant le numéro 310 collé sur la porte, que je fixe bêtement.

Une voix d'homme me tire de ma léthargie.

— Pardon. Je peux entrer ?

Je me retourne et tombe face à un type baraqué, au visage buriné par l'air marin.

Il me toise de la tête aux pieds, puis indique la porte.

— Je viens voir Lisa.

Je lui tends machinalement la main.

— Axel Teissier.

Le gars paraît hésiter avant de me saluer.

— Axel… oui. Bonjour.

Il m'adresse un regard franc.

— Je suis Erwan Éon. C'est moi qui conduisais la voiture, quand on a eu l'accident.

Sa voix se brise.

— Je n'ai pas vu le fourgon déboucher, c'est arrivé trop vite.

Je fixe le bouquet de fleurs qu'il tient dans la main. Lui a eu la galanterie d'y penser.

— Vous aviez bu ? craché-je avec agressivité.

Il fronce les sourcils.

— Non !

Il grimace.

— Je sais que les Bretons ont la réputation de picoler, mais j'étais nickel, sinon je n'aurais jamais proposé à Lisa de la raccompagner chez ses parents. Le salopard qui nous a percutés, en revanche, il était farci.

Il secoue la tête, énervé.

— Je n'ai pas une égratignure, alors qu'elle commence l'année dans un lit d'hôpital ! se désole-t-il.

Ce gars est sympathique, je ne peux pas le nier. Je bloque à nouveau sur son bouquet de fleurs.

— Donc, vous êtes amis d'enfance, avec Lisa ?

— Oui. On était ensemble au collège.

Il observe un court silence.

— On s'est un peu perdus de vue quand elle est partie dans le Sud pour faire ses études d'orthophonie, mais mes parents et les siens se fréquentent souvent, alors j'ai toujours eu de ses nouvelles.

Nous nous dévisageons un moment avec un intérêt réciproque.

— Elle doit être contente que vous soyez là, lance Erwan.

Je hausse les épaules.

— Ça, je n'en suis pas certain. Mais j'avais besoin de m'assurer qu'elle était bien soignée ici.

Je n'en dis pas plus, peu enclin à me confier à cet inconnu. Il est temps que je parte.

— Bon, j'y vais, je vais chercher un hôtel.

— Vous ne logez pas chez Lydie et Claude ?

Il lève aussitôt une main en signe d'excuse.

— Pardon. Cela ne me regarde pas.

Je souris. Ce gars me plaît.

— Je ne pense pas être une *persona grata* chez eux.

Il hoche la tête et sort son portefeuille.

— Je tiens un gîte à Lampaul-Plouarzel. C'est à une demi-heure d'ici. Il me reste un petit studio de libre, si ça vous dit.

Il me tend une carte de visite.

— Pourquoi pas ? fais-je. Mais cela ne serait que pour une nuit, je pense.

— Pas de souci. Il y a le plan derrière la carte, c'est facile à trouver. Si vous désirez dîner dans la salle commune, vous prévenez juste mon frère Loïc. C'est lui qui cuisine.

— OK. Merci.

— Pas de quoi. Alors, bonne journée.

— À vous aussi.

Il frappe tout en ouvrant et disparaît dans la chambre. La porte marquée du numéro 310 se referme devant mon nez, comme un rempart infranchissable entre Lisa et moi.

# Chapitre 30

## *Axel*

J'erre un moment dans les rues de Brest avant de me retrancher dans un snack pour y avaler un hot-dog et une bière tiède. Complètement désœuvré et peu séduit par cette ville noyée sous une pluie glacée, je décide d'aller voir à quoi ressemble Lampaul-Plouarzel.

Le village est situé en bord du littoral. La plupart des maisons possèdent une toiture en ardoise et de jolis jardins bien entretenus, qui dégagent une impression de propreté et de sérénité. Dépaysé par cette immersion en pays breton, je pourrais me croire en vacances si ma présence dans le Finistère n'avait été induite par l'accident de Lisa.

Je me souviens de l'enthousiasme avec lequel elle me montrait des photos de ses villégiatures dans son village natal, un bled du nom de Kervilon, si ma mémoire est bonne. Lisa voulait me faire découvrir sa région et j'admets qu'elle avait raison d'en être fière, si on fait abstraction du climat pourri.

Je soupire. En trois années de vie de couple, je n'ai jamais trouvé le temps – ni l'envie réelle – de l'accompagner au moins une fois lorsqu'elle s'absentait pour aller voir sa famille et ses amis. En faisant le bilan de mon attitude détachée et peu investie dans notre relation, j'en arrive à me demander ce que cette fille pouvait bien aimer chez moi.

Le gîte des frères Éon fait face à la plage. Il suffit de traverser la route pour y accéder.

Je suis accueilli par Loïc. Erwan et lui se ressemblent physiquement, mêmes cheveux blonds et yeux clairs sur une peau bronzée, mais Loïc paraît beaucoup plus extraverti et avenant. Lorsque je me présente en tant qu'ami montpelliérain de Lisa, il m'adresse aussitôt une tape chaleureuse sur l'épaule.

— Pauvre Lili, ça nous a fait un choc, on avait passé une super soirée, et voilà qu'Erwan m'appelle pour me dire qu'il est dans une ambulance avec elle en direction de Brest. Quelle poisse !

J'opine en silence.

— C'est une bonne idée de venir loger ici. On y est bien, chez les frangins.

Je souris poliment.

Loïc me tend la clé qui ouvre le studio au deuxième étage de leur grande demeure.

— Le balcon donne sur l'océan, annonce-t-il. Tu verras, c'est super beau et reposant.

Je n'ose pas lui faire remarquer que la pluie n'incite pas à paresser en terrasse. Je suppose que les Bretons sont habitués à vivre dehors, quel que soit le temps.

En revanche, j'ai réellement besoin de repos. La fatigue pèse sur mes cervicales au point de me donner l'impression de porter un sac de ciment sur le dos depuis ma sortie de voiture.

— Tu mangeras ici, ce soir ? m'interroge Loïc.

— D'accord.

— Tu aimes les huîtres, j'espère ?

Son expression inquiète m'amuse. J'ai la certitude qu'une réponse négative de ma part serait très mal perçue.

— Oui.

— Super ! Rendez-vous vers dix-neuf heures trente pour dîner, alors.

— OK.

Une fois entré dans l'appartement qui m'est destiné, je me débarrasse aussitôt de mes baskets.

Je m'approche de la porte-fenêtre et tire le rideau afin de jeter un œil dehors. Malgré le ciel gris et bas, un panorama magnifique s'offre à mon regard, évoquant un tableau aux teintes vives, dominé par le vert et le bleu turquoise.

Je bâille et m'écroule sur le lit. J'ai juste besoin de dormir, de me déconnecter de ma réalité.

Je ferme les yeux et pense à Lisa.

Elle m'en veut et cela se comprend. Elle qui désirait tant devenir maman vient de perdre son pauvre bébé innocent, mort avant même d'avoir commencé sa croissance fœtale… à cause de moi.

Je frissonne et me faufile sous les draps.

C'est maintenant le visage de Clémentine qui se dessine derrière mes paupières closes. Non. Je ne peux pas. Je ne dois pas songer à elle.

Je n'ai pas été tendre au téléphone, hier. Je lui ai appris mon départ pour la Bretagne et l'annulation de notre soirée sans prendre le temps de lui expliquer la nécessité que j'avais de me rendre au chevet de Lisa. Peut-être a-t-elle interprété mon annonce pour une sorte de rupture déguisée ? Elle m'a quand même raccroché au nez, signe de colère évident et justifié, vu ma propre froideur à son égard.

Clémentine Ohayon, alias mon cadeau de Noël imprévu. Farci de pépins, le cadeau. Plus de mille bornes nous séparent alors que je rêve de la serrer contre moi. Cette idée me trouble, même si je m'en veux de ressentir un tel désir pour son corps.

Est-ce que je lui manque ? Qui me dit qu'elle n'a pas rappelé son Cyril afin de rétablir le contact, après notre conversation téléphonique merdique ?

Je m'aperçois que je n'ai pas confiance en elle. Avant-hier, chez moi, ses mots d'amour peuvent avoir été dictés par la fatigue, ou bien parce que nos ébats charnels avaient flouté sa vision des choses, comment le savoir ?

Mais, de son côté, comment pourrait-elle croire en la sincérité de mes sentiments pour elle, alors que je me trouve en Bretagne auprès de mon ex-fiancée ?

La vraie question est : où se situe Axel Teissier, entre ces deux femmes qui comptent pour lui ?

Dois-je envisager de reconquérir Lisa afin de me dédouaner vis-à-vis du mal que je lui ai fait ou dois-je tenter de construire une relation durable avec Clémentine ?

Raison ou passion ?

À moins que je ne redevienne célibataire, voire abstinent, pendant les dix prochaines années de ma vie ? Là au moins, je serais tranquille, l'esprit à l'abri des tourments et le cœur en jachère.

Bon sang, je déteste devoir me poser toutes ces questions et, surtout, me sentir incapable d'y répondre.

# Chapitre 31

## *Axel*

Je m'installe à une table prévue pour un seul couvert, près de la fenêtre. Trois couples sont déjà là, dont un avec un enfant de deux ou trois ans qui gazouille sur sa chaise haute. Personne n'est encore assis à la grande table de ferme située au centre de la salle, dressée pour six convives.

La serveuse est la femme de Loïc. Elle vient me saluer et se présente sous le nom de Marylou. C'est une petite brune bien en chair, aussi vive que son époux. Elle me propose un kir avant de dîner, offert par la maison. Je le sirote en essayant de faire abstraction des deux amoureux installés près de la cheminée, face à moi. Leurs gestes tendres et murmures complices me mettent mal à l'aise.

Marylou nous apporte à tous une assiette d'huîtres et un verre de vin blanc sec. Affamé, je mange aussitôt, appréciant la fraîcheur iodée qui emplit ma bouche. Je déguste les coquillages avec une tranche de pain complet au beurre salé et, l'espace d'un moment, j'oublie mes soucis et me concentre sur le plaisir gustatif.

En second plat, Marylou sert un filet de daurade au chorizo doux avec un risotto safrané. Excellent, là encore.

Une troupe bruyante entre dans la salle, accompagnée d'Erwan. Ils sont tous trempés parce que la pluie s'est remise à tomber, mais cela ne paraît pas entacher leur bonne humeur. Erwan les invite à s'asseoir et annonce qu'il va chercher de quoi boire un coup.

Avant de se rendre en cuisine, il fait une halte à ma table.

— Tout se passe bien ? s'enquiert-il avec amabilité.

J'essuie mes lèvres avec la serviette et lève le pouce en signe d'assentiment.

— C'est très bon… et la chambre très agréable.

Il m'observe avec attention et paraît soudain gêné. Je l'interroge du regard, un peu inquiet.

— Lisa va bien ? demandé-je, conscient du ridicule de la situation, vu que je suis censé être le fiancé de la blessée.

Erwan passe une main dans ses cheveux.

— Oui. Aussi bien qu'on puisse se porter dans sa position.

Il me dévisage à nouveau.

— Bon appétit, lâche-t-il finalement.

Je fixe mon assiette presque vide et un poids s'abat sur mon estomac, me coupant l'envie de terminer mon plat. Le fait de me trouver ici à déguster un repas savoureux sous le toit d'amis d'enfance de Lisa, alors qu'elle est hospitalisée par ma faute, paraît suivre un scénario improbable qui me plombe le moral.

Par politesse, je me force tout de même à manger la moitié de la part de tarte aux pommes caramélisée servie par Marylou, puis je lui commande un café.

Erwan et ses compagnons parlent assez fort et les deux femmes qui les accompagnent rient beaucoup. Je me demande si celle qui est assise près de lui est sa copine, bien que j'évite de les observer, faisant mine de m'intéresser aux notifications qui s'affichent sur mon portable afin de ne pas sembler inoccupé. Je n'ai maintenant qu'une envie, celle de retourner me coucher, espérant trouver le sommeil malgré la longue sieste que j'ai finalement réussi à m'octroyer tout à l'heure.

Je finis mon café quand Loïc sort de cuisine afin de discuter avec ses convives. Tous le félicitent pour le dîner et je fais de même lorsqu'il vient me saluer. Il tient une bouteille d'eau-de-vie et un plateau contenant des verres à liqueur.

— Avec ça, tu vas digérer nickel, mon gars !

Je le remercie et trempe mes lèvres dans un breuvage qui me brûle aussitôt l'œsophage. Oups ! Je frôle l'autocombustion, même si la saveur fruitée n'est pas désagréable.

Erwan s'approche.

— Je peux m'asseoir un moment ?

J'opine en silence.

Il s'installe face à moi et croise les bras sur sa poitrine.

— Tu repars demain, alors ?

J'approuve à nouveau du menton, intrigué. Ce type veut me dire un truc, c'est évident.

— Écoute, Axel.

Il toussote.

— Je ne sais pas si tu es au courant, mais, Lisa et moi, on était ensemble au lycée. Je veux dire, on était en couple.

Il observe ma réaction.

— Non, je l'ignorais.

Machinalement, je vide d'un trait mon verre de gnôle.

— De la troisième jusqu'en terminale, en fait, précise Erwan.

Il pose ses mains sur la table et les contemple avec une gravité qui traduit sa pudeur. J'imagine que ce gars n'est pas très doué pour exprimer ses sentiments, tout comme moi.

— Je… Quand elle a quitté le pays pour aller faire ses études, j'étais sûre qu'elle reviendrait s'installer ici, pour ouvrir un cabinet d'orthophonie.

Il soupire.

— Mais elle a préféré rester au soleil, dans le Sud. Elle n'avait pas envie de s'enterrer à Plouarzel avec un type comme moi.

Il émet un rire sans joie.

— Elle ne m'a jamais dit ça aussi clairement, pour sûr, mais j'ai bien compris que mon ambition de restaurer ce gîte avec Loïc ne la faisait pas rêver. Elle adore la Bretagne, mais pas au point de s'y ancrer pour toujours.

Embarrassé par ces confidences, je reste muet.

Loïc s'approche pour me réapprovisionner en eau-de-vie. Je n'ose pas refuser, tant pis pour mon estomac.

— On trinque à la santé de Lili ? propose-t-il en tendant un verre à son frère.

Nous buvons de concert. Seigneur, demain, je vais tourner au Gaviscon.

Loïc repart vers les autres tables.

Erwan plante son regard dans le mien.

— Lisa, je l'ai toujours aimée et je l'aimerai toujours. Elle le sait, même si elle a toujours cru que je finirais par trouver une fille du coin avec qui me marier.

Il soupire de nouveau.

— Quand elle t'a rencontré, il y a trois ans, j'ai compris que c'était du sérieux. Elle est venue passer quinze jours de vacances et ne parlait que de toi.

Il me considère froidement.

— Tu n'es jamais monté ici, tu étais trop occupé par tes études de médecine.

Je tapote nerveusement la nappe de mes doigts.

— Oui, je n'ai jamais pris le temps de l'accompagner, elle me l'a souvent reproché.

Je sursaute quand Erwan saisit mon avant-bras par-dessus la table.

— Axel, est-ce que tu aimes Lisa ? Est-ce que tu comptes l'épouser ?

Je fixe sa main qui me serre avec force. Ce type est un homme solide, intègre et authentique, j'en ai la certitude.

Je secoue la tête.

— Non, je ne vais pas épouser Lisa, murmuré-je. Je pense d'ailleurs qu'elle ne serait pas d'accord. Elle et moi, c'est fini.

Les traits d'Erwan se détendent aussitôt, mais il ne lâche pas son emprise et se penche vers moi.

— Je suis prêt à tuer celui qui la ferait souffrir gratuitement.

Je fronce les sourcils et dégage mon bras avec brusquerie.

— J'ai mes torts face à Lisa, mais je n'ai jamais voulu lui faire du mal.

Je passe les doigts dans mes cheveux.

— Je lui souhaite d'être heureuse, je t'assure, mais je ne suis pas celui qui pourra lui apporter le bonheur. Je l'ai compris récemment et j'en suis navré pour elle comme pour moi, tu peux me croire.

Erwan se redresse sur sa chaise.

— Je suis celui qu'il lui faut, mais elle refuse encore de le voir, déclare-t-il avec aplomb. Je veux lui faire des mômes et veiller sur elle, je suis né pour ça.

Je souris, amusé.

— Mais elle vit dans le sud de la France et toi ici, je te rappelle.

Il hausse les épaules.

— Le gîte tourne bien avec Loïc et Marylou. J'ai un diplôme de gestion, je peux trouver du travail n'importe où, et pourquoi pas, ouvrir une crêperie quelque part.

— Genre… à Montpellier ?

— Genre… à Montpellier.

Nous nous considérons avec sympathie.

— Je suis patient, reprend Erwan.

Je lève mon verre à son adresse.

— Je n'en doute pas, rétorqué-je.

Finalement, on s'y fait, à cette eau-de-vie bretonne.

# Chapitre 32

## *Axel*

À neuf heures trente du matin, je frappe à la chambre 310.

Lisa est assise sur le fauteuil et lit un roman.

— Salut, fait-elle en retirant ses lunettes de vue.

— Salut.

Je lui tends mon paquet.

— Je t'ai apporté des chocolats. J'ai pensé qu'en fleurs, tu avais ce qu'il fallait.

L'étagère près de la fenêtre est en effet surchargée de bouquets.

Lisa adopte une mine sévère

— Tu n'as pris que des noirs, j'espère ?

Je fais mine d'avoir peur, soulagé que nous retrouvions une certaine complicité.

— Bien sûr, m'dame. J'ai précisé au vendeur que c'était pour une puriste au palais exercé.

— T'avais plutôt intérêt à ne pas te louper là-dessus.

Elle me fait signe de m'installer sur la chaise à ses côtés. Je m'exécute et prends une profonde inspiration.

— Lisa, je ne vais pas indéfiniment m'excuser pour tout ça, mais, si j'ai fait le trajet jusqu'ici, c'est parce que je voulais que tu saches que tu comptes beaucoup pour moi.

Elle lève une main péremptoire.

— Tais-toi, Axel. C'est à moi de parler.

Coupé dans mon élan, je la dévisage avec curiosité.

Elle boit une gorgée d'eau et soupire.

— Axel, ce n'est pas dans l'accident que j'ai perdu le bébé.

Ses yeux se fixent sur le mur d'en face puis sur le sol.

— En fait, il n'y avait pas de fœtus. Deux jours avant le réveillon, j'ai eu des saignements, alors je suis allée faire une échographie en urgence à Saint-Renan.

Son attention revient vers moi et elle esquisse un sourire triste.

— Il n'y avait pas de grossesse évolutive. C'était un œuf clair.

J'ouvre la bouche, puis la referme. Faute de mieux, je me penche pour saisir ses mains.

— Je suis désolé. Je sais à quel point tu voulais avoir un bébé.

Elle considère un instant nos doigts entrelacés.

— Oui. Mais je désire avoir un enfant avec quelqu'un qui le veut aussi.

Elle hausse les épaules.

— On va dire que ceci est un mal pour un bien. Aujourd'hui, tu es libre, Axel.

Je me lève et vais me planter près de la fenêtre. Ce matin, le ciel est bleu, même s'il fait un froid de canard. Il ne pleut donc pas tout le temps en Bretagne.

Je sens le regard de Lisa posé sur mon dos.

— Tu es en colère ? demande-t-elle doucement.

Surpris, je pivote.

— Pourquoi le serais-je ?

— Je t'ai laissé croire que j'avais perdu le bébé dans l'accident parce que je voulais que tu souffres. Quand tu m'as téléphoné le jour du réveillon, je savais que je n'étais plus enceinte. J'aurais dû te le dire à ce moment-là, mais ma rancune envers toi m'en a empêchée. Je suis désolée.

Je reviens vers elle. Ses yeux noisette sont pleins de larmes.

Je me penche et la serre contre moi.

— Je ne t'en veux pas, Lisa. Je t'ai déçue, tu avais le droit de me punir.

— Je sais que tu es quelqu'un de gentil, chuchote-t-elle d'un ton rauque. Et je pense que tu tiens réellement à moi, à ta façon, qui n'est pas celle qu'il faudrait pour pouvoir continuer ensemble.

Elle plisse le nez.

— Je m'accroche à toi depuis trois ans, mais j'aurais dû deviner que nous n'étions pas faits l'un pour l'autre. Nous étions plus amis qu'amants, en réalité. J'ai donc une certaine part de responsabilité dans le fiasco de notre relation.

Elle me repousse avec brusquerie et toussote.

— Allez, maintenant que tout est mis à plat entre nous, tu peux repartir, Axel. Tu as de la route.

Je dépose un baiser sur sa joue.

— Je t'appellerai. Souvent.

Elle m'embrasse à son tour.

— Je pense que je vais rester chez mes parents pour ma convalescence. Ils vont me chouchouter.

J'approuve de la tête.

— D'autant plus que c'est une belle région, ici.

Elle rit un peu tristement.

— Il était temps que tu viennes la voir, imbécile !

Nous nous considérons avec tendresse, puis Lisa déballe la boîte de chocolats.

— Au fait, il paraît que tu as dormi chez Erwan et Loïc ?

Elle me jette un rapide regard.

— Erwan est un bon ami à moi. Tu l'as trouvé sympa ?

J'enfile ma veste et souris.

— Très. On devine que c'est un type bien, sur qui on peut compter.

Lisa rosit un peu.

— Ah oui, tu penses ?

Et elle gobe vite un chocolat, comme pour se donner une contenance.

# Chapitre 33

## *Clémentine*

Je soulève un bout de ma couette pour jeter un œil sur mon écran d'iPhone, mis sur silencieux. Il est presque vingt et une heures, j'ai fait une sieste d'ours en phase d'hibernation.

Je constate que mes parents ont essayé de m'appeler, ainsi que Solène. De Cyril, plus aucune nouvelle depuis la veille, où nous avons eu une discussion houleuse au pied de mon immeuble.

Je revenais de faire quelques courses alimentaires et il m'attendait devant l'entrée.

— *Tu as réfléchi, Clémentine ? On se marie, oui ou non ? (Ton aimable, sourire conciliant.)*

— *N'insiste pas, Cyril. Je ne changerai pas d'avis.*

*— Arrête tes conneries de gamine ! Tu ne peux pas me jeter comme ça. Tu m'as pris pour qui ? (Ton nettement moins posé, disparition du sourire.)*

*— Je ne t'épouserai pas, Cyril. Toi et moi, c'est terminé.*

*— Tu fais la plus grosse bêtise de ton existence, ma pauvre fille ! Putain, j'ai perdu plus d'un an de ma vie avec toi ! Ne viens pas me rechercher, cela sera trop tard !*

*Regard assassin avant de conclure :*

*— Et j'exige que tu me rendes la bague de fiançailles qui m'a coûté un bras ! Tu la feras passer à ton père… aussi déçu que moi de ta stupidité !*

Cette entrevue a achevé de me déprimer et, depuis hier, j'erre dans mon appartement comme un zombie mal dans sa peau en décomposition. J'ai acheté de quoi me faire une soupe de légumes, mais, en réalité, je m'empiffre de Schoko-Bons et je bois du coca. De toute façon, les hommes et moi, c'est fini. Je peux donc me permettre de grossir. Je vais devenir l'institutrice vieille fille d'antan et passerai mes vacances à voyager seule dans des sorties organisées pour le troisième âge.

Je quitte mon lit pour aller faire pipi, en profite pour consulter le calendrier suspendu à la porte de mes toilettes. Je reprends l'école après-demain, c'est bien l'unique perspective qui me fasse plaisir.

Je vais revoir mes élèves adorables et hurlants, je vais retrouver ma classe dans laquelle je me sens bien. Ma vie va pouvoir redevenir normale, malgré la botte de contention que je dois encore garder quelques semaines.

Je fais bouger mes orteils et examine ma cheville qui ne me fait plus vraiment mal. Je n'ai pas enfilé l'attelle depuis hier, vu que je passe la moitié de mon temps allongée, une vraie otarie sur son rocher. Quand mon os sera ressoudé, il faudra sérieusement que je me remette au jogging. Quoique... Si je suis destinée à finir obèse, pourquoi torturerais-je mes articulations pour rien ?

Je m'affale sur la méridienne et allume la télé. Depuis deux jours, j'enchaîne les séries sur Netflix. À force, je confonds toutes les histoires et les personnages, mais ça m'occupe l'esprit.

Je me cale contre les coussins et m'enroule dans mon plaid de la Reine des neiges. Puis je me mets à sangloter comme une demeurée.

Axel. Axel. Axel.

Traître. Immonde individu.

Il m'a fait connaître le septième ciel, il m'a dit qu'il m'aimait pour, le lendemain, se précipiter au chevet de sa fiancée avec qui il avait soi-disant rompu.

Comme j'ai été naïve de croire en ses sentiments ! Quelle idée de faire confiance à un médecin coureur de jupons ! Honte sur moi.

Je ne me remettrai jamais de cette humiliation. La douleur qui presse mon cœur depuis son appel m'annonçant son départ en Bretagne est si violente que je suis devenue candidate à l'infarctus, c'est certain. Il a dit : « Lisa a perdu *notre* bébé... ». Ce « notre » est significatif. Il n'a jamais cessé d'aimer cette femme.

Je me mouche dans un kleenex déjà usagé et le jette sur le tapis au milieu de tous les autres, avec les papiers de Schoko-Bons.

J'incarne à merveille l'image de la pauvre fille. Pitoyable.

Je sursaute quand mon interphone se met à tinter. Qui vient me déranger ainsi dans mon état de larve boulimique ? Il ne peut s'agir de Solène, car elle est partie visiter Avignon avec sa mère pour le week-end.

Mes parents... à cette heure tardive ? Surprenant, mais pas impossible, sachant qu'ils se font du souci pour moi depuis que je ne me marie plus. Je les adore, mais je n'ai vraiment pas envie de les revoir dans l'immédiat. J'ai déjeuné chez eux avant-hier midi et leur compassion attentive teintée d'une once de reproche m'a suffi pour quelques jours.

Si ce sont eux et que je ne répondais pas ? Ils penseront que je suis sortie au cinéma avec une copine.

L'interphone se tait.

Youpi ! Le ou les importuns se sont lassés. Tant mieux.

J'opte pour sucer un autre chocolat quand la sonnerie de l'entrée s'élève. Merde, ce sont mes parents, c'est sûr. Ma mère craint que je ne me sois pendue avec le fil de la douche, terrassée par le regret d'avoir éconduit Cyril !

Je soupire et me dirige à pas traînants vers la porte, hésite encore avant de donner signe de vie.

— Clémentine, tu es là ?

Je me fige, je me tétanise.

Au secours, qu'est-ce que je fais ?

— Clémentine ?

Cette voix.

Cette voix !

Mon rythme cardiaque s'emballe, annonçant sans doute le début de mon infarctus.

Et les pensées fusent de mon esprit.

Je porte un pyjama en pilou rose avec des oreilles de lapin.

Mes cheveux doivent donner l'impression d'avoir connu un tsunami capillaire, car je ne les ai pas lavés ni coiffés depuis deux jours.

Je ne me suis pas douchée aujourd'hui.

J'ai les yeux larmoyants d'un vieux chien et l'haleine cacaotée.

De l'autre côté du battant, je n'entends plus rien.

Purée… il est parti… il est reparti !

Affolée, j'ouvre la porte et me propulse dans le couloir.

Mon visiteur se dirige en effet vers l'ascenseur.

— Axel !

Il se retourne, me détaille des pieds à la tête.

— Je te réveille ?

Je croise les bras sur ma poitrine et tente d'avoir l'air noble, voire hautain.

— Non, pourquoi ?

Ses yeux se plissent de malice. Je note qu'il porte une caissette en bois, comme les maraîchers.

Il vient vers moi et me la tend.

— C'est pour toi. C'est plein de vitamines, pour bien commencer l'année.

J'attrape le bac de clémentines, les fixe bêtement sans savoir comment réagir.

— J'ai ça aussi, continue Axel.

Il dépose sur le dessus des agrumes un livre de poche intitulé : *Recettes pour deux.*

Je relève la tête pour contempler mon Superman des fruits et légumes, qui me sourit.

— J'ai pensé qu'on pourrait apprendre à cuisiner ensemble, vu que nous sommes aussi nuls l'un que l'autre dans ce domaine.

Je me débarrasse de la caisse sur le sol et me mets à trembler. Je vais mourir maintenant sous le coup de l'émotion, ce qui est vraiment inapproprié.

— Tu ne dis rien, murmure Axel.

Je déglutis avec peine.

— Tu es revenu ?

Cette question prouvant mon sens aigu de l'observation semble l'amuser.

— On dirait bien.

Il s'approche de moi, dangereusement près.

— J'ai encore deux jours de repos avant de reprendre le boulot.

Je hoche la tête plusieurs fois, tel un chiot en plastique sur la plage arrière d'une voiture.

Axel attrape mes épaules et m'attire contre lui.

— Clémentine, j'espère que tu veux toujours de moi.

Je hume avidement son parfum et l'odeur de cuir de son blouson. Je frémis de désir, mon corps se remettant enfin en mode *on*. Finalement, je ne vais peut-être pas trépasser maintenant.

Je lève les bras et me pends au cou de cet homme dont je suis éperdument amoureuse.

— Et toi, tu es sûr de vouloir de moi ? fais-je d'une petite voix timide.

Pour toute réponse, ses lèvres se posent sur les miennes.

Je crois que nous étayerons notre discussion plus tard.

Nous avons tout le temps devant nous, l'année ne fait que commencer.

*Fin*

# Biographie

Valentine Bleuette vit dans le sud de la France et publie des romans depuis de nombreuses années. Elle se décrit comme une autrice passionnée plutôt que laborieuse et organisée.

Valentine a un faible pour les histoires d'amour compliquées et les situations cocasses. Ses romans s'appliquent à disséquer la complexité des sentiments humains et s'en amusent sans modération.

Sous le nom de Béatrice Galvan, elle écrit également des thrillers.

## Mentions légales



ISBN : 979-10-348-1852-5

**Evidence Editions**
2 rue Abbé Grégoire
17 000 La Rochelle

Site Internet : www.evidence-editions.com
Boutique : www.evidence-boutique.com

Dépôt légal novembre 2021

Achevé d'imprimer chez SoBook le 20-10-2021

Linselles - France

N° impression : 729 923